暮らしの古典歳時記

吉海直人

角川選書
639

暮らしの古典歳時記

目次

第二章　記念日あれこれ

第三章　花鳥風月を楽しむ

第四章　生活の中の古典文学

第五章　京都文化

本文図版はすべて著者所蔵

はじめに

本書は前著『古典歳時記』（角川選書）の続編として編まれたものです。

今回は古典歳時記という枠だけでなく、もっと広い分野に目を向けてみました。そこでタイトルは『暮らしの古典歳時記』とすることに決まりました。もちろん本書には、『古典歳時記』の続編的なコラムもたくさん含まれています。「第一章　新・歳時記」や「第三章　花鳥風月を楽しむ」は、前著の増補でもあります。せっかくなので第一章には、新元号「令和」や「ねずみ年」（令和二年）について、私なりにその意義をまとめてみました。第一章・第三章には動物にまつわる話題がたくさん集まりました。動植物はもちろん歳時記の一要素です。

「第二章　記念日あれこれ」にしても、歳時記をより限定・特化した「記念日」として書いたものです。「記念日」という概念も、間違いなく日本文化の一部だと思います。「いちご」「けん玉」「カルピス」「チキンラーメン」などにもそれなりの背景があるのです。

そして「第五章　京都文化」も前著を継承したものです。「近衛の糸桜」には発見もありました。歳時記と京都文化は不即不離の関係にあると思いませんか。

「第四章　生活の中の古典文学」には、日常生活における身近なテーマが含まれています。

食べ物・薬などをはじめとする衣食住の中で、話題になりそうなものを選んで書いています。なにより私自身が面白いと思って力を入れて書いたものですので、是非お楽しみください。

以上、本書には前著を継承するテーマと、前著とはまた一味違ったテーマが混ざりあっています。それこそ雑多な日本文化の特徴のあらわれではないでしょうか。本書は古典文化の入門書でもあります。お読みになって、日本文化の奥深さ・幅広さに興味を抱いていただければ幸いです。

なお前著同様、本書は私が興味を抱いたテーマについて、様々な資料から情報を収集してまとめています。最終的には私の言葉で文章全体を再構築しているので、参考文献などの掲載は省略させていただいていることをお断りしておきます。

第一章　新・歳時記

うぐいす、ほととぎす、ほたる、かえる（「花カルタ」）

ねずみの基礎知識

令和二年はねずみ年（庚子《かのえね》）です。そこでねずみについてまとめてみました。残念ながら、いわゆる「ねずみ」はペットではありません。むしろ歴史的には忌み嫌われ、敵対視される存在でした。ねずみの食害に悩まされた長い歴史があるからです。マンガの「サザエさん」もねずみが苦手でした。同じく「ドラえもん」にしても、猫型ロボットなのにねずみが大嫌い（苦手）という設定になっています。

その前提として、猫がねずみの天敵という設定があります（いたちや蛇もねずみの天敵です）。本書の第三章に「猫の慣用句」（１００頁）を掲載していますが、どうも猫とねずみはセットで語られることが多いようです。外国のテレビアニメですが、「トムとジェリー」はまさに猫とねずみが主役でしたね。その場合、「猫の前のねずみ」ということわざがあるように、猫の方がねずみより断然強いはずですが、「窮鼠猫《きゅうそねこ》を嚙《か》む」や「時に遇《あ》えば鼠も虎になる」「鼠も虎の如し」ということわざもあって、逆転することもままあります。

もちろん単独で人気者になっているキャラクターもあります。ディズニーのミッキーマウスがその代表でしょうか。イタリア生まれのトッポ・ジージョも大人気でした。ＮＨＫのテレビ番組「おかあさんといっしょ」のコーナーとして放送された人形劇「にこにこ、ぷん」では、じゃじゃまる（山猫）・ぴっころ（ペンギン）と一緒にぽろり（ねずみ）が活躍していました。絵本では「ぐりとぐら」も人気があります。

「田舎のネズミと町のネズミ」（イソップ物語）も印象に残っています。昔話の「ねずみのすもう」も同じような趣向で、肥《ふと》ったねずみと痩《や》せたねずみが登場しています。隣の爺《じい》型の「おむすびころりん」は、室町時代の御伽草子《おとぎぞうし》「鼠浄土」が原話とされています。御伽草子としては、他に「弥兵衛鼠《やひょうえ》」もあります。これはねずみが長者になる話です。仏教説話集の『沙石集《しゃせきしゅう》』にある「ねずみの婿とり」は、昔話「ねずみの嫁入り」の原話です。娘にふさわしい婿を探す親が、太陽から始まって結局ねずみの婿に落ち着くという話です。

古いところでは、『古事記』の神話があげられます。大国主命《おおくにぬしのみこと》はスサノオから野に放った矢を探してこいと命じられますが、野原で火に囲まれます。すると一匹のねずみが現れて、「内はほらほら、外はすぶすぶ」と告げます。それを聞いて穴に隠れ、危うく難を逃れるという話です。ここではねずみは神の使いのような役割です。その発展として、『源平盛衰記《げんぺいじょうすいき》』では、「鼠は大黒天神の使者なり」とあって、大黒様の使いとして信仰の対象になっています。そのため京都市左京区にある大豊《おおとよ》神社の中の大国社には、狛犬《こまいぬ》ならぬ狛ねずみがあります（独楽鼠《こま》とは別です）。きっと子年《ねどし》は大いに賑《にぎ》わうことでしょう。

では「ずいずいずっころばし」の「チュー」と鳴く「俵のねずみ」はどうでしょうか。古く『枕草子』には「ねず鳴き」のことが出ています。ねずみのことを「チュー吉」とか

「チュー太郎」というのは、「チュー」と鳴くからでしょう。そういえば加藤和彦の歌に「ネズミ・チュウ・チュウ、ネコ・ニャン・ニャン」がありました。その線でいうと、大人気の「ピカチュウ」もねずみでしょうか？

このねずみは、ちっぽけな存在の象徴でもあります。『蜻蛉日記《かげろう》』では、生まれたばかりの赤ん坊のことを、「ねずみ生ひ《お》」と表現しています。他にも「大山鳴動してねずみ一匹」とか、「ねずみが塩を引く」などと喩《たと》えられています。そこから「ただのねずみではない」といった表現も登場します。それとは対照的に、ねずみは繁殖力が強いことから、「ねずみ算」「ねずみの子算用」といわれています。ここから子孫繁栄の意味をもつとされています。それとは別に、法律で禁止されている無限連鎖講は、通称「ねずみ講」と呼ばれています。

忘れてはいけないのは、ねずみは盗みを働くという汚名を着せられていることです。そこから「頭の黒いねずみ」という言葉もあります。もちろんこれはねずみではなく、盗みを働いた人間の比喩《ひゆ》です。歌舞伎で有名な「鼠小僧次郎吉《じろきち》」は義賊だし、「伽羅先代萩《めいぼく》」の悪家老・仁木弾正《にっきだんじょう》は、妖術《ようじゅつ》でねずみに化けて巻物を盗むという筋書きです。「袋のねずみ」というのは、もはや逃げられないことです。「ねずみ捕り」というのは、ねずみ駆除の道具だけでなく、警察によるスピード違反取締りの隠語にも使われています。

新暦になって正月が寒くなった！

前著『古典歳時記』のトップに「日本の『暦』について」を書きましたが、ここでは新暦と旧暦のずれについて書かせていただきます。

繰り返しになりますが、日本では文明開化の波に乗って、明治六年に太陽暦（グレゴリオ暦）が導入されました。日本の国際化に西洋の暦が必要と考えられたのでしょう。しかしそれによって、新暦と旧暦のせめぎあいが生じてしまいました。というのも、西洋の暦は日本の風土・風物に適合していなかったからです。そのため約百五十年経った今も、不具合というか違和感が続いているのです。

その典型的な例（被害者）が正月ではないでしょうか。かつて正月と立春は微妙にずれながらもかなり近い存在でした。つまり、正月に春を迎えていたのです。ところが新暦になると、新年は新暦の一月一日に無理にあてはめられているのに対して、立春は旧暦換算して二月四日頃に引き離されてしまいました。

その結果、両者の間には一ヶ月以上ものずれが生じてしまったのです。というより、新正月は昔に較べて一ヶ月も冬に遡《さかのぼ》ったことになります。それによって新暦の正月は、春ではなく真冬の年中行事へと変容してしまったのです。近代の正月が寒くなったのは、決して異常気象が原因しているのではなく、本当の理由は暦の改変、言い換えれば太陽暦採用にあったのです。

春まだ遠き新正月、鶯《うぐいす》も鳴かない、梅も咲かない正月です。これを古典の新年にあてはめることは到底できません。それにもかかわらず年賀状の挨拶《あいさつ》では、まだ真冬なのに「新春」とか「迎春」とか書いていますね。これは形式的に旧暦の伝統を引きずっているからです。

新暦で一番困っているのは、俳句の歳時記（季語）でしょう。それだけでなく、目に見えないところで古典の解釈にも多大の悪影響を及ぼしています。その典型で、極端な例が節分です。新暦でも立春の前日に行われていますが、本来は大晦日《おおみそか》（新年の前）に行う行事でした。それが今では正月（新年）とは泣き別れの状態に引き裂かれているのです。このことを理解しないと季節感が狂ってしまいます。

女の子の節句である桃の節句にしても、旧暦の三月三日だったら桃の花も開花しますが、新暦では一ヶ月も前倒しになるので、自然の開花は望めません。現在は冷蔵処理のあと加温することで、桃を騙《だま》して開花させているようです。

その反対が七夕でしょうか。旧暦の七月は既に秋ですが、新暦の七月は夏の真っ盛りです。その新暦の七夕を歳時記で「秋」と称するのは、どう考えても無理があります。体が受け付けません。季節を取り違えても仕方ないのです。むしろ積極的に旧暦を守っているのがお盆（盂蘭盆会《うらぼんえ》）です。旧暦では七月十五日でしたが、新暦になってからは月遅れの八月十五日に行っているところもあります。

こういった様々なずれ（違和感）が生じているのですから、古典を学ぼうというみなさんは、身近に旧暦のカレンダーを用意して、常日頃から新暦と旧暦のずれに注意しなければなりません。

うぐいすの話

古典で親しまれている鳥といえば、うぐいす（鶯）とほととぎす（時鳥）があげられます。両者を比較すると、うぐいすは春の訪れを告げる鳥で、ほととぎすは夏の訪れを告げる鳥です。ただし、うぐいすが留鳥《りゅうちょう》であるのに対して、ほととぎすは渡り鳥という相違もあります。要するにうぐいすは一年中日本にいますが、ほととぎすは初夏にやってきて秋になると日本からいなくなってしまいます。

面白いのは、ほととぎすがうぐいすの巣に卵を産むことです（托卵《たくらん》）。これに関しては既に『万葉集』の中の長歌に、「うぐいすのかいごの中にほととぎす独り生まれて」（一七五五番）と歌われており、当時から知られていたことがわかります。

両者の共通点として、ともにその鳴き声が和歌に多く詠まれていることがあげられます。

それは季節の変わり目に鳴くからでした。必然的に初音を聞くための努力も払われています。和歌を調べてみると、うぐいすは梅と一緒に詠まれ、ほととぎすは卯《う》の花や橘《たちばな》の花と一緒に詠まれています。それは初音の時期と開花の時期がほぼ一致しているからでしょう。

ほととぎすに異名が多いように、うぐいすにもいくつかの異名があります。季節的な春《はる》鳥《どり》や春告鳥《はるつげどり》（報春鳥《ほうしゅんちょう》）は、『古今集』に、

鶯の谷より出づる声なくは春来ることを誰か知らまし（一四番）

などと詠まれていることによります。またその鳴き声の特徴から、経読鳥《きょうよみどり》・人来《ひとく》鳥《どり》などとも呼ばれています。経読鳥は「ホーホケキョ」が「法華経《ほけきょう》」と聞こえるからであり、人来鳥は『古今集』の俳諧《はいかい》歌に、

梅の花見にこそ来つれ鶯のひとくひとくといとひしもをる（一〇一一番）

と詠まれているように、鳴き声が「人が来る」と聞こえたことによります。

その他、歌詠鳥《うたよみどり》という名称の由来は少々教養を必要とします。というのも、紀貫之《きのつらゆき》が『古今集』仮名序に、「花に鳴く鶯、水に棲《す》む蛙《かわず》の声を聞けば、生きとし生けるもの、いづれか歌を詠まざりける」としるしたことから命名されたものだからです。これはいわば文学的名称であって、現実にうぐいすが歌を詠むわけではありません。

もともとは迎春の鳥として喜ばれていましたが、平安時代になって藤原敏行《としゆき》はうぐいすに「憂く干ず」（辛くて涙が乾かない）というマイナスの意味の掛詞《かけことば》を入れ込んで、

心から花のしづくにそほちつつうくひずとのみ鳥の鳴くらむ（『古今集』四二二番）

という物名歌《ぶつめいか》を詠んでいます。言語遊戯が『古今集』の特徴でもあったのです。

歌の詠まれ方を見ると、うぐいすと梅は絶妙の取り合わせのように見えます。そのために「梅に鶯」とか「鶯宿梅《おうしゅくばい》」という言い方もあるし、絵画などにもよく取り合わせられています。ところが実際には、うぐいすはさほど梅を好んでいるわけではないとのことです。むしろ梅を好んでいるのは「めじろ」です。当然、めじろとうぐいすが混同されていることも少なくないようです。みなさんは見分けられますか。

鳴き声にしても、「法華経」と聞くのはあくまで人間の耳であり、うぐいすがお経を読んでいるわけではありません。鳥の研究者にいわせると、うぐいすが「ホーホケキョ」と鳴き続けているのは、縄張りを主張しているからだそうです。また、うぐいすの谷渡りと称される鳴き方は警戒音で、メスに身を潜めていろと告げているとのことです。

これを知るとちょっと興ざめな気がしますが、いずれにしてもうぐいすの鳴き声を愛《め》でているのは、あくまで人間の側の受け取り方なのでした。

愁ひつつ岡にのぼれば花いばら（蕪村句集）

これは非常に現代的な俳句に見えます。とても江戸時代に作られた俳句とは思えません。それが与謝蕪村《よさぶそん》のすごさでしょうか。あるいは名句の力でしょうか。

この句で最初に目に付くのが「愁《うれ》ひ」です。普通だったら「憂ひ」という漢字を用いるところだからです。では「憂ひ」と「愁ひ」はどう違うのでしょうか。うまく説明できませんが、「憂ひ」の方が個人的な感情に思えます。また程度からいっても、「憂ひ」の方が重いように感じます。

では蕪村の比較的軽い「愁ひ」、必ずしも個人的でない「愁ひ」とはどんなものだったのでしょうか。これも簡単には答えられませんが、なんとなく若者特有のというか、原因不明の悩みのようなものに思えます。

この「憂ひ」と「愁ひ」の違いを竹西寛子は、

蕪村の「愁ひつつ」は、なぜ「憂ひつつ」でないのか。「憂愁」という語もあることだし、大差はないと言われる方があるかもしれないけれど、私は大差があると読むので、一句の中の一文字の重みは決していい加減にはできない。

（竹西寛子『竹西寛子の松尾芭蕉集／与謝蕪村集』）

と論じています。これを読んでも違いはわかりませんね。それに対して大岡信《おおおかまこと》は、

「愁ひつつ」というとき、この愁ひは決して現実的な理由根拠のある愁ひではなく、茫然とした青春の哀感と憧憬にほかならない。蕪村自身がこれを作った時の個人的事情や感慨を超えて、この句の言葉の姿は、若々しく、抒情にみちている。

（『日本縦断　芭蕉・蕪村・一茶の旅』文春文庫ビジュアル版）

と詩的にとらえています。これはみごとな解説ですね。

ところでこの句の季節はというと、「花いばら」が夏の季語なので初夏というところでしょう。ただし「愁ひ」にふさわしいのは春のようですから、晩春から初夏への移り変わりの頃かと考えられます。白い花いばらもまだ満開ではなさそうです。

実は私がこの句で一番注目しているのは「花いばら」でした。もちろん「花いばら」という名の植物が存在するわけではありません。「野いばら」の花が咲いているので、花に焦点をあてて「花いばら」と称しているのです。

そもそも「いばら」は「茨」で、棘《とげ》のある植物の総称です。この「いばら」の「い」が脱落して、現在の「ばら」という名称になりました。誤解している人がいるかもしれませ

んが、「バラ」は決して外来語ではなく、日本語の「いばら」(昔は「うばら・むばら」)から派生した純粋な日本語だったのです。それをなまじカタカナで表記したものだから、外来語と勘違いされたのでしょう(英語名はローズ)。

その「うばら」の用例は『万葉集』に二首認められますが、花のことは歌われていません。その内の一首は東北方言で、「うまら」と発音したようです。それに対して漢字「薔薇」は中国伝来のもので、平安時代には特に漢詩で「そうび」「しゃうび」と音読されていました。それが下って江戸時代前期の寛文の頃、俳諧の世界でようやく「いばらの花」のことを「ばら」で代表させるようになったと考えられています。

蕪村の句は、そういった歴史の上に作られているのです。言い換えれば、蕪村がようやく「ばら」を文学の対象に高めてくれたことになります。おそらくこの句を踏まえて石川《いしかわ》啄木《たくぼく》は、

　　愁ひ来て丘にのぼれば名もしらぬ鳥啄《ついば》めり赤きばらの実(『一握の砂』)

という短歌を詠じているようです。赤い実が印象的ですね。また正岡子規《まさおかしき》も、

　　くれなゐの二尺伸びたる薔薇の芽の針やはらかに春雨のふる

と春の「ばら」を詠じていますが、ここは花ではなく、棘に注目している点が斬新です。

ここまでくると、「ばら」もようやく韻文の世界で市民権を得ていることがわかります。

「夏は来ぬ」をめぐって

みなさんは「夏は来ぬ」という唱歌をご存じですよね。これは佐佐木《ささき》信綱《のぶつな》作詞・小山作《こやまさく》之助《のすけ》作曲で、日本の歌百選にも選出されている有名な歌です。佐佐木信綱は万葉学者かつ代々の歌人で、短歌結社竹柏会を主宰しています。有名な「ゆく秋の大和の国の薬師寺の塔の上なるひとひらの雲」は彼の代表歌の一つです。そのためか「夏は来ぬ」は五・七・五・七・七・五形式になっています。

卯の花の匂う垣根にほととぎす
早も来鳴きて忍び音もらす夏は来ぬ

さて「夏は来ぬ」の初出は『新撰《しんせん》国民唱歌』(三木楽器店)の第二集(明治三十三年六月刊)とされていますが、それとは別に『新編教育唱歌集』の第五集(明治三十九年二月刊)にも収められています。両者を比較すると、歌詞に異同が認められます。特に五番は、最初の「夏は来ぬ」が「五月やみ」に、「卯木《うつぎ》花さき」が「卯の花咲きて」になっています。これによって「夏は来ぬ」の重複が解消されており、『新撰国民唱歌』の歌詞が『新編教育唱歌集』で改められていることがわかります。
この歌に関して金田一春彦氏は、

歌詞は日本の初夏の田園風景を描いて遺憾がなく、さすがに歌人佐佐木信綱の作である。曲もほとんど完全なヨナヌキ長音階でありながら、きめが細かく、単調さを感じさせず、美しい出来である。第二節の「賤の女」はのちに「早乙女」と改められた。

(『日本の唱歌(上)明治編』講談社学術文庫103頁)

と解説しています。二番の「賤《しず》の女《め》」は差別語となったので、昭和十七年に「早乙女《さおとめ》」に改訂されました。なお金田一氏はこの歌を「初夏の田園風景」としていますが、蛍は必ずしも初夏(=立夏)とはいえません。

この歌でまず注目したいのは、「夏は来ぬ」というタイトルです。これは完全に古語というか文語です。まさかこれを「夏は来ない」と打消しにとる人はいないですよね。当然ここでは「こぬ」ではなく「きぬ」と読みます。「ぬ」は完了の助動詞なので「夏は来た」の意味です。卯の花とほととぎすによって、夏の訪れを知覚しているわけです。ただし「ぬ」には確述の意味もあり、「夏はもうそこまで来ている」の意味でも可能です。その場合、ほととぎすはまだ鳴いておらず、これから鳴くことを予測しているのです。

次に一番の歌詞の「卯の花の匂う垣根」はどうでしょうか。「卯の花」は四月に咲くので「卯月」とも称されています。ただし香りはありませんから、この「匂う」は嗅覚《きゅうかく》ではなく視覚で、白が美しく映えているという意味になります。この卯の花は、『万葉集』でもほととぎすと組み合わされて十八首も詠まれています。

次に「忍び音もらす」はどうでしょうか。従来ほととぎすの「忍び音」には諸説がありました。というのもほととぎすの鳴き声は、どちらかというと大きい声だからです。ですから小さな声で鳴くというのは考えにくいことになります。そのため、遠くで鳴いているとか初音という説も出されています。

これはどうやら視点を変えた方がよさそうです。そこで西行が『山家集』で、

ほととぎすしのぶ卯月も過ぎにしをなほ声惜しむ五月雨の空

と詠んでいるのがヒントになります。要するに和歌の世界では、五月になったら堂々と鳴けるけれども、四月にはしのんで鳴かなければならないという決まりがあったようなのです。もちろんそれは人間の事情です。

その「忍び音」ですが、『万葉集』や『古今集』の歌には見当たりません。かろうじて『和泉式部《いずみしきぶ》日記』に、

ほととぎす世にかくれたる忍び音をいつかは聞かん今日も過ぎなば（和泉式部）

忍び音は苦しきものをほととぎす小高き声を今日よりは聞け（敦道親王《あつみち》）

とあるのが初出とされています。和泉式部の歌にしても四月三十日に詠まれていますから、五月（明日）になったら「忍び音」とは言わないことが察せられます。こうなると四月の鳴き声を「忍び音」と称していると見てよさそうです。これは現実的な意味ではなく和歌の詠法だったのです。

最後の難関は「もらす」です。これも古い歌には認められません。少し下って式子《しょくし》内親王の歌に、

待つ里をわきてやもらすほととぎす卯の花蔭の忍び音の声

と「もらす」「忍び音」が詠まれていました。これよりも近世後期の加納諸平《かのうもろひら》が、

山里は卯の花垣のひまをあらみ忍び音もらすほととぎすかな

と詠んでいるので、むしろこの歌を踏まえていると考えてはどうでしょうか。

なおこの「夏は来ぬ」は、カネボウ絹石鹸《せっけん》のコマーシャルで「夏は絹」として印象に残っています。昭和五十二年には中野良子、昭和五十八年には夏目雅子が起用されていました。また平成二十七年三月十四日に開業した北陸新幹線・上越妙高駅の発車メロディに

採用されたことでも話題になりました。聞きに行ってみたいですね。

蛍の文学史

夏の風物詩の一つとして「蛍狩り」があげられます。最近は都会にきれいな川が少なくなったことで、昔のように蛍の乱舞する光景は見られなくなってしまいました。そのため蛍見物ツアーまで組まれていますが、お金を出してまで見に行くなんて、世の中変わったものです。

それはそうと、みなさんは蛍の種類をご存じですか。日本の代表的な蛍として、源氏蛍・平家蛍・姫蛍があげられます。ではこの違いがおわかりでしょうか。明確な違いとして、源氏蛍が一番大きくて、姫蛍が一番小さいと教えられました。でも同時に両者を比べた経験はありません。どうやら出没する時期や地域などが微妙に違っているようです。

次は科学的な質問です。みなさんの中に、お尻が光るのはオスだけで、メスは光らないと思っている人はいませんか。どうもそれは間違いで、蛍はオスもメスも光ります（幼虫も光るそうです）。ただしオスとメスでは光り方というか点滅する時間の速さが微妙に違っているようです。それによって相手がオスかメスかを見分けているので、闇の中ではむしろ都合がいいのでしょう。我々人間は風流ぶって、蛍の出会い（恋）を邪魔しているわけです。

さて次は文学の質問です。蛍が登場する古典作品はご存じですか。最古の作品は『日本書紀』ですが、必ずしも美的にはとらえられていません。平安時代になると、ようやく美的にとらえられるようになります。『枕草子』初段の夏のところに「闇もなほ蛍の多く飛びちがひたる、又ただ一つふたつなどほのかにうち光りてゆくもをかし」とありましたね。もちろん『源氏物語』蛍巻も有名です。蛍のわずかな光で、玉鬘《たまかずら》の顔を浮かび上がらせるところは圧巻ですね。

もともと蛍は漢詩に登場していました。白楽天《はくらくてん》の『長恨歌《ちょうごんか》』にも「夕殿《せきでん》に蛍飛んで」と出ています。また元稹《げんしん》の「蛍火乱れ飛んで秋すでに近し」も『和漢朗詠集《わかんろうえいしゅう》』に引かれていて有名です。どうも中国の蛍は秋（晩夏）の風物として詠まれています。そのことは『伊勢物語』四五段に、

ゆく蛍雲の上までいぬべくは秋風吹くと雁に告げこせ

と歌われていることからも察せられます。

それに対して和歌では、忍ぶ恋の歌によく詠まれています。もっとも『万葉集』ではわずか一首しか用例が見当たりません。それも「蛍なすほのかに聞きて」（三三四四番）とあるように、「ほのかに」を導く枕詞《まくらことば》として用いられているにすぎません。それが『古今

集』になると紀友則《とものり》の、

夕されば蛍よりけに燃ゆれども光見ねばや人のつれなき（五六二番）

ほか、『後撰集』の、

包めども隠れぬものは夏虫の身より余れる思ひなりけり（二〇九番）

などと詠まれています（「夏虫」が蛍です）。さらに『後拾遺集』には、

音もせで思ひに燃ゆる蛍こそ鳴く虫よりもあはれなりけり（二一六番）

と、恋の「思ひ」の掛詞として蛍の放つ「火」が活用されています。鳴かない虫であることと、そのかわり光を放つことが蛍の特徴にされているのです。

また和泉式部の、

物思へば沢の蛍も我が身よりあくがれ出づるたまかとぞ見る（一一六二番）

では、蛍を遊離魂（人魂《ひとだま》）として詠んでいます。和泉式部は一体何匹の蛍を目にしたのでしょうか。

ここまで来て面白いことに気付きました。蛍は雌雄とも光るので、古典においては雌雄

がまったく区別されていないということです。もちろん現代人の私たちも、蛍の雌雄を見分けることはなかなかできませんよね。恋の歌に詠まれるにしてはなんだか気の毒な気もします。

秋風の解釈

『万葉集』には額田王《ぬかたのおおきみ》の、

君待つと我が恋ひ居れば我が屋戸の簾動かし秋の風吹く（四八八番）

という歌があります。これは題詞に「額田王、近江天皇を思《しの》ひて作る歌一首」とあるように、天智《てんじ》天皇の訪れを待っている額田王の心情を歌ったものです。この歌の五句目の「秋の風吹く」について、同じく『万葉集』に、

我が背子を何時そ今かと待つなへに面やは見えむ秋の風吹く（一五三五番）

とあることから、当時の習俗として秋の風は恋しい人の来訪を予兆しているように解釈することもできそうです。

額田王の歌の背後には、中国六朝《りくちょう》の閨怨《けいえん》詩、

夜相思ひて風の窓簾を吹き動かせばこれ所歓《きみ》が来ませるかと言《おも》ふ（清商曲辞《しんしょうきょくじ》）

などの影響も指摘されています。どうやら簾《すだれ》を動かす風を恋人が来る予兆と見るのは、日本の風習というより漢詩の影響のようですね。これを参考にすれば、この歌は恋人の訪れを今か今かと浮き浮きした気分で待っているプラスの心情ということになります。

ところが額田王の歌の次に鏡王女《かがみのおおきみ》の、

風をだに恋ふるはともし風をだに来むとし待たば何か嘆かむ（四八九番）

歌があり、二首は贈答の体をなしています。この二首は同じく『万葉集』一六〇六番・一六〇七番にも重複してとられており、二首が対としてとらえられていることは間違いありません。

額田王と鏡王女の関係について、かつては姉妹という説が強かったのですが、現在では鏡王女は舒明《じょめい》天皇の皇女あるいは皇孫説が有力になっています。いずれにしても二人が親密な間柄であることに変わりはありません。という以上に、鏡王女はかつて天智天皇の愛人の一人でした。その後、藤原鎌足《ふじわらのかまたり》の求愛を受け、鎌足の妻になったという経歴があります。

仮にこの歌が、六六七年の近江《おうみ》京遷都後に詠まれたものだとすると、鎌足はその二年後

（六六九年）に亡くなっています。その事実を歌に反映させると、鏡王女にはもはや通ってくる人はいないことになります。それに較べて額田王は、恋人の来訪を待てるだけまだましなのだから、嘆く必要はないと歌っているわけです。もっとも天智天皇も六七一年に四十六歳で崩御していますから、六六九年から六七一年の間に詠まれたことになりそうです。

この鏡王女の歌を踏まえて解釈すると、額田王の歌は来ない恋人を待ちわびているマイナスの心情を詠んだ歌と解釈できます。それこそ閨怨詩の特徴です。少なくとも鏡王女はそう解釈していたのではないでしょうか。要するに「秋風」をプラスにとるかマイナスにとるかということなのです。

歴史的な事実から考えると、六六八年に蒲生野《がもうの》において大海人皇子《おおあまのおうじ》と「茜《あかね》さす」・「紫の」歌を歌い交わした時とあまり離れていないわけですから、二人の仲が続いていたとも疎遠になっていたともどちらにもとれます。もちろん年齢的には決して若くはありません。ただ平安和歌の常套《じょうとう》からすると、「秋風」はマイナスイメージ、つまり待っても来ない恋人のことを嘆いている歌になります。「秋風」は恋人が訪れる予兆ではなく、いつまで待っても恋人は来ないで、早くも秋風が吹く季節になったと解釈できるのです。あるいは待ち人は来ず、待ってもいない秋風が訪れ（音ずれ）たとしてもかまいません。

どうしてそうなるかというと、『古今集』以下の平安朝和歌では掛詞の技法が重要だからです。恋歌における「秋」は、言語遊戯として「飽き」（男に飽きられる）が掛けられるからです。もちろん『万葉集』ではまだ掛詞は成立していないのですが、この額田王の歌など既に「飽き」が意識されているのではないでしょうか（掛詞の先取り）。

謎だらけのイチョウ

京都御苑《ぎょえん》の北側・今出川《いまでがわ》御門の横にイチョウの大木があります。毎年秋になると、緑の葉が一斉に黄色く色付き、そしてあっという間に落葉します。イチョウが散る様子を女流歌人・与謝野晶子《よさのあきこ》は、

金色の小さき鳥のかたちしていちょう散るなり夕日の丘に（岡の夕に）

と詠んでいますが、見事なたとえですね。これを見ると、イチョウは歌にたくさん詠まれているような錯覚に陥ります。ところが調べてみると、古典では『万葉集』以下の勅撰和歌集に詠まれていないどころか、『枕草子』や『源氏物語』などの散文にも一切描かれていないことがわかりました。近代文学に至って、ようやくイチョウが出てきますが、どうやらイチョウを最も多く歌に詠んだのが与謝野晶子だったようです。

ではどうして古典にイチョウは登場しないのでしょうか。決して別名で呼ばれていたの

ではありません。その答えの一つは、日本にイチョウがなかったからというものです（外来種）。イチョウが日本になければ、文学に描きようもありません。それに関連して気になるのは、一体いつ頃日本に伝来したのかということです。全国各地にイチョウの大木が百本以上もあって、樹齢七百年は当たり前、千年を超えるといわれているものも複数あるようです。ただしほとんどは伝承であって、年輪からきちんと確認された例はありません。

もし樹齢千年が本当だとすると、当然平安時代には存在していたことになります。七百年前でも鎌倉時代ですから、必然的に平安から鎌倉にかけて日本に伝来したという説は根強いようです。それに関連して、一二一九年二月十三日、三代将軍 源 実朝《みなもとのさねとも》が鎌倉の鶴岡《つるがおか》八幡宮《はちまんぐう》に参拝した折、石段のイチョウの木の陰に隠れていた甥《おい》の公暁《くぎょう》によって暗殺されたという説話が知られています。

その由緒ある鶴岡八幡宮の大イチョウが、平成二十二年三月十日の強風で根本から折れてしまいました。ただし幹の胴回りは七メートルしかなく、到底樹齢千年には達していそうもありませんでした。そもそも鎌倉時代前期の『愚管抄《ぐかんしょう》』などの古い記録には、イチョウが登場していません。この話にイチョウが付加されるのは、遅れて江戸時代になってからのことでした。ですから実朝の一件は、イチョウ伝来の資料としては使えそうもないのです。

原産地とされる中国でさえ、「鴨脚《おうきゃく》」として文献に登場するのは十一世紀に入ってからでした。仮に日本のイチョウの樹齢千年が本当なら、本場中国より古いことになってしまいます。かくして樹齢千年というのは、科学的な根拠のない幻想・伝承になりました。

現在、総合的な調査で判明していることは、イチョウに関する資料は室町時代以降にしかないという事実です。それによればイチョウは、一四〇〇年代に「銀杏」として日本に定着したことになります。その用途は、一つには薬用であり一つには食用でした。江戸時代の版本を購入した際、よくイチョウの葉が栞《しおり》のように挟んでありますが、それは防虫効果が信じられていたからです。最近の調査によれば、青い葉に含まれるシキミ酸を紙魚《しみ》が嫌うということが報告されています。

イチョウの種（銀杏《ぎんなん》）は炒《い》って食べれば美味《おい》しいですね。ですが生で食べたり、一度にたくさん食べたりするのは体に悪いとされているので注意しましょう。なおイチョウの植物学的特徴の一つとして、実がなるためには雌雄の株が必要であること、また芽が出てから実がなるまでに三十年以上もかかることがあげられます。「桃栗三年」どころの話ではありません。ですから最初は樹木として銀杏と呼ばれたのでしょう。数十年経ってその木に実がなると、今度は木よりも種の方を銀杏と称するようになったと考えられます。つまり同じ銀杏という漢字ですが、木は「イチョウ」と呼び、実は「ぎんなん」と読んで使い分けられたというわけです。それは実が杏《あんず》に似て、種が銀色に見えたことによります。

ついでながら中国名の「鴨脚」は、葉が鴨の水かきの付いた足に似ていることからの命名のようです。また「公孫樹《こうそんじゅ》」という別称は、植えてから孫の代になってようやく実を付けることによるそうです。学名の「ギンコー」は銀杏の「ギンキョー」という音がもとになっているとされています。

もう一つ、イチョウは燃えにくい木とされています。そのため関東大震災後、街路樹としての需要が高まったそうです。それがイチョウ並木の多い理由だったのです。イチョウが古典文学に登場しない植物であったこと、おわかりいただけましたか。

冬至と日本人の知恵

令和二年の冬至は十二月二十一日になっています。ご存じとは思いますが、冬至は二十四節季の一つです。一年のうちで太陽の南中高度が最も低くなり、そのため昼が最も短い日となっています(反対に夜は最も長くなります)。天文学的には、太陽黄経《こうけい》がちょうど二七〇度になる瞬間が冬至と定義されています。その瞬間を含む日が冬至日というわけです。その日はほぼ十二月二十二日頃に当たっています。

この日、日本では柚子《ゆず》を入れた冬至風呂に入る風習がありますが、これは江戸時代に銭湯で始まったことのようです。おそらく冬至は「湯治」の駄洒落《だじゃれ》、柚子は「融通がきく」の駄洒落なのでしょう。またこの日には冬至粥《がゆ》(小豆粥《あずき》)・冬至かぼちゃ・冬至こんにゃくなどを食べる風習があります。そこには温まって風邪を引かず、無事に寒い冬を乗りきりたいという人々の願いが込められているのです。

そのため、かぼちゃや大根には中風・ぼけ封じ、こんにゃくには体内の悪いものを掃除するという効能が期待されています。昔は、冬になると野菜が収穫されなくなるので、保存のきくかぼちゃは貴重な栄養源だったのです。成分分析の結果、カロチンを豊富に含むかぼちゃは体内でビタミンAとなり、風邪や動脈硬化の予防に効果があることがわかりました。これは昔の人の知恵だったのです。

また冬至には「と」の付くものを食べると縁起がいいということで、豆腐・唐辛子・どじょう・とろろ・トマト・豚汁・とり肉・トンカツ・とうもろこしなどを食べる風習もあるようです。もう一つは「ん」の付くものを食べるというもので、先にあげた大根やこんにゃくもこれにあてはまります。りんご・みかん・こんぶ・ほうれん草・ラーメン・にんにく・プリン・レーズン・ナンもあげられます。

かぼちゃに「ん」はありませんが、別称としての「南京」には「ん」が二つも含まれています。他に人参《にんじん》・蓮根《れんこん》・金柑《きんかん》・銀杏・寒天・うどん（饂飩《うんどん》）・はんぺん・あんまん・あんパンなどがあげられます。「ん」が二つ付いているものは、より効果がある（運が付く）と信じられているようです。ジンギスカンでもけんちん汁でも構いません。タンタン麵《めん》など「ん」が三つも入っています。

この中ではかぼちゃが一番有名です。かぼちゃの原産地は中南米（暖かい土地）とされていますが、日本には東南アジアのカンボジアからポルトガル人によってもたらされました。最初に上陸したのは大分とも長崎ともされています。天文年間、大分に漂着したポルトガル船から、豊後《ぶんご》の国の大名・大友宗麟《おおともそうりん》に献上されたのがかぼちゃの起源（大分説）というわけです。そのため九州にはポルトガル語の「ボウブラ」もかぼちゃの別称として使われています。民謡の「おてもやん」にも出てきます。

もともとはカンボジア産の野菜あるいは瓜《うり》という意味だったのでしょうが、いつしか野菜そのものの名前として定着しました。それはインドネシアのジャガタラ（今のジャカルタ）からジャガタラ芋がもたらされ、いつしかじゃがいもになった経緯と同じです。

その後、中国にもかぼちゃが広まり、南京からもかぼちゃが輸入されるようになると、かぼちゃの別称として南京とか唐茄子《とうなす》という名も使われるようになりました。落語にも「唐茄子屋」という演目がありますね。なお南京からは様々なものが日本にもたらされています。南京米を入れた袋が南京袋だし、落花生のことは南京豆だし、錠前にも南京錠があります。血を吸う南京虫だけは遠慮したいですね。

もちろん日本の冬至の起源は中国にあります。昔、遣唐使によって中国から日本に冬至の行事が伝えられ、それが宮中行事として定着しました。『続《しょく》日本紀』神亀《じんき》二年（七二五年）十一月十日条に、「天皇御大安殿受冬至賀辞」とあるのが初出とされています。この天皇は聖武《しょうむ》天皇のことです。また江戸時代に「唐《から》の正月」という言葉があるのは、中国では冬至を元日と考えていたからでした。確かに冬至を過ぎると徐々に日が長くなるのですから、冬至を一年の始まりとするのも納得できます。

新しい元号

二〇一九年四月一日、新元号が「令和」に決まったと発表されました。これで五月一日のご即位に伴って、平成三十一年は令和元年に改元されました。二〇一九年は平成と令和が混在することになりますが、元号としては令和が優先されます。今回の特徴は、従来の元号が漢籍を典拠としていたのに対して、初めて日本の古典から採用されたことにあります。

そもそも元号というのは、中国発祥のものでした。古く前漢の武帝が「建元」という元号を創始したとされています。必然的に中国の従属国（冊封《さくほう》国）は、中国の暦と一緒に中国の元号を使わなければなりませんでした。元号は暦の一部であり、また支配の象徴でもあったからです。

日本が独自の元号を使用しはじめたのは、遅れて大化の改新（六四五年）の時からだとされています（独立国の意識を表出）。その後しばらくは断続的に用いられていたようですが、文武天皇五年（七〇一年）に「大宝」が制定されて以来、今日まで長く元号が用いられ続けてきました。新「令和」は二三二番目（北朝を加えれば二四八番目）の元号になります。

その間、本家本元の中国では、清が滅亡した際に元号も廃止されました。韓国など周辺の国々も建国に伴い元号をやめてしまったので、現在残っているのは日本だけだそうです。もし第二次世界大戦敗戦後に天皇制が廃止されていたら、おそらく元号も同時に廃止になっていたでしょう。というのも、元号は君主制（天皇制）と不即不離の関係にあるものだからです。

元号の廃止は、戦後の国会でも議論されました。その折、日本における元号の意義を熱く説いたのが国史学者の坂本太郎博士でした。幸い昭和五十四年（一九七九年）に元号法が制定されたことで、元号の存続が決定されたのです。宙に浮いていた「昭和」も、象徴天皇の元号として存続されることになりました。そのため日本では、西洋暦と元号（和暦）の併用が今も行われているわけです。これも立派な日本文化といえます。

なお明治になって、元号の制度が変更になっていることをご存じですか。それ以前は、天皇の譲位とは関係なく随意に改元することができました。幕末の孝明天皇など、ご在位二十一年の間に嘉永《かえい》・安政・万延・文久・元治・慶応と六度も改元しています。それもあって、明治政府は「一世一元」の詔《みことのり》を発布して、新天皇即位の時にだけ改元することにしたのです。その結果、昭和が日本で一番長い元号となっています（六十四年）。

平成の天皇陛下は、ご高齢だった昭和天皇を身近にご覧になられていたこともあり、八十歳を過ぎたら譲位したい旨を述べられていました。それを受けて、明治以降初めて生前譲位が行われることになり、皇太子の即位に伴って改元されることになったのです。なお平成の天皇陛下は、譲位後は「上皇（陛下）」と称されます。

また、出典を日本の古典に求めたことについては、やはり坂本博士が生前、そろそろ日本の古典から採用してもいいのではとおっしゃっていたそうです。日本の古典の中には、『十七条の憲法』や『六国史』『勅撰漢詩集』あるいは『古事記』『風土記』など漢籍に準じた立派な著作があるのですが、今回は思いきって『万葉集』が出典とされました。そのため万葉学者・中西進先生の発案ではないかと推測されたわけです。

といっても、「令和」は決して和歌の一節から取ったものではありません。天平二年（七三〇年）正月十三日のこと、大宰府《だざいふ》に赴任していた大伴旅人《おおとものたびと》の邸で梅花の宴が盛大に開催されました（当時は白梅です）。その宴で歌われた「梅花の歌三十二首」（八一五〜八四六番）の序として書かれた漢文からの引用、というのが正しい言い方です。参考までにその該当部分を短く抜き出してみましょう。原文は漢文なので書き下し文にすると、

時に初春の令月にして、気淑《よ》く風和《やわら》ぎ、梅は鏡前の粉を披《ひら》き、蘭は珮《はい》後の香を薫らす。

となります。時は初春のめでたい月、空気は清らかで風も穏やか、梅は鏡の前で白粉で装う美人のように白く咲き、蘭（藤袴《ふじばかま》）は身に帯びた香のように薫っている。ここには平和で穏やかな宴会の様子が綴《つづ》られています。その中の「初春令月、気淑風和」が今回の出典ということになります。おわかりのように「令和」という熟語があるわけではなく、対句になっている「令月」と「風和」から一字ずつ取って「令和」という造語に仕立てているのです。

もちろんこの序は、漢籍を踏まえて書かれています。中国の張衡《ちょうこう》作「帰田賦《きでんのふ》」の「仲春令月、時和気清」（『文選《もんぜん》』）や王羲之《おうぎし》の『蘭亭序《らんていのじょ》』の「天朗気清、恵風和暢」をお手本にしているので、純粋な和文（大和言葉《やまと》）とはいえません。また「令月」だけなら、『和漢朗詠集』や『宴曲集』に「嘉辰令月《かしんれいげつ》」（おめでたい月日）の例が認められます。この中では特に「帰田賦」が一番近いですね。

いずれにしても、「令」は今回初めて元号に用いられた漢字でした（ラ行の音も数百年ぶり）。この場合は命令・法律・長官・使役などの意味ではなく、「立派な・すばらしい・めでたい・良い」という意味です。また「和」は平和・調和・和睦《わぼく》というより「なごやか・おだやか・やわらぐ」の意味です。ということで「令和」には、「めでたい・おだやかな世の中になってほしいという願いが込められているのです。

新元号「令和」の出典について

新元号「令和」の出典は『万葉集』でした。そのため発表直後から、書店の『万葉集』（特に巻五）が飛ぶように売れ、増刷が間に合わないほどになりました。中には『万葉集』と聞いて、「令和」を和歌の一節だと勘違いしている人もいるようです。そこで出典について、もう少し詳しく説明しておきます。

もちろん出典は和歌の一節ではありません。というのも「令」は和歌に馴染《なじ》まない語だからです。加えて『万葉集』には、和歌以外の文章もたくさん含まれています。特に巻五には漢文が多いという特徴があります。八一五番の前にある「梅花歌三十二首幷序」がその好例です。冒頭部分は、

天平二年正月十三日、萃于帥老之宅、申宴会也。于時、初春令月、気淑風和、梅披鏡前之粉、蘭薫珮後之香。

云々《うんぬん》と漢文体で記されています。「帥老」は帥《そち》として大宰府に赴任していた当時六十六歳の大伴旅人のことです。その旅人の邸で梅花の宴が開催されました。そこで歌われた「梅花の歌三十二首」の序として書かれた部分に、元号の出典があります。当時の筑紫《ちくし》歌壇は、

都に匹敵するような教養の高い集団（渡来人を含む）だったようです。
　残念なことに、この序の作者は記されていません。一見すると主催者である旅人の作のように見えますが、部下の山上憶良《やまのうえのおくら》が代筆しているという説も強いようです。まずは前掲の漢文を書き下し文にしてみましょう。

　天平二年正月十三日、帥老の宅に萃《あつ》まりて、宴会を申《の》べたり。時に初春の令月にして、気淑《よ》く風和《やわ》らぎ、梅は鏡前の粉を披《ひら》き、蘭は珮《はい》後の香を薫らす。

これをさらにわかりやすく現代語訳すると、次のようになります。

　天平二年一月十三日に、旅人の邸に集まって宴会を開いた。折しも初春のめでたい月、空気は清らかで風も穏やか、梅は鏡の前で白粉をつけた美人のように白く咲き、蘭（藤袴）は身に帯びた匂い袋のように薫っている。

　少しだけ補足すると、「令月」の「月」は日月の月ではありません。年月の月ですから、きれいな月が照っていたと勘違いしないでください。めでたいのはあくまで正月（初春）だからです。付け加えると、当時の梅はすべて白梅でした（紅梅は『古今集』以降）。その白梅は中国から輸入された貴重なもの（漢方薬）だったので、とても大切に育てられました。そう考えると、中国の窓口的な大宰府に梅が植えられていることも納得されます。少なくとも当時の梅は中国文化を象徴するものでした。

それを踏まえて「鏡前の粉」を解釈すると、鏡の前でお化粧している美人の顔のように白く、となります。ちょっとわかりにくいですね。これは白梅の花を、顔に塗られた白粉《おしろい》（＝美人）に譬えているのです。有名な白楽天の『長恨歌』にも、「六宮の粉黛《ふんたい》顔色なし」とありました。ついでながら『万葉集』には梅が一一九首も詠まれていますが、それはまさにこの梅花の歌宴で大量に三十二首も詠まれているからです。こんなにまとめてたくさん梅が詠まれているのは、実は珍しいことだったのです。

その「梅」と対になっている植物が「蘭」ですが、ご承知のように蘭は初春に咲く花ではありません（開花は夏から秋）。造花かレトリックでもない限り、正月に花を咲かせることはありません。ですからここは花ではなく葉の香りということで、「藤袴」のことと解釈されています。自然のものが人工のものに譬えられている点、やはり中国趣味であることがわかります。

さて、ここに見えている「初春令月、気淑風和」が、元号の出典となっている箇所です。ただし「令和」という熟語は認められません。単純な引用ではなく、対句になっている「令月」と「風和」から一字ずつ互い違いに取って、「令和」という熟語を強引にこしらえているのです。こんな芸当は普通の国文学者には到底できません。

もともと序は漢詩に付けられるものでした。それを和歌に援用しているのですから、それだけで漢詩の模倣であるといえます。序に書かれている内容・文体にしても、張衡作「帰田賦」の「仲春令月、時和気清」（『文選』）や王羲之の『蘭亭序』の「是日也、天朗気清、恵風和暢」などがたっぷり踏まえられています。特に「帰田賦」の「仲春令月、時和気清」には、「令・和」が揃って使われていること、八文字中五文字が一致していることから、序はこれを意識して書いていると見て間違いなさそうです。ただし「帰田賦」の「令月」は「仲春」つまり二月のことですから、序に用いられている「令」の意味とは異なっています。

もちろん漢籍を引用しているからといって、純粋な和文ではないという非難は当たりません。当時は漢籍を踏まえることこそが教養ある文章とされていたのですから。これを機に、『万葉集』をはじめとする日本の古典が見直されることを切に願っています。

第二章　記念日あれこれ

八坂神社(『京都名所めぐり』)

記念日あれこれ

日本人と外国人、どちらが記念日が好きでしょうか。もっとも、記念日には誕生日や結婚記念日のように私的なものから、建国記念の日・憲法記念日など国民の祝日になっている公的なものまで様々あるので複雑です。地方自治体なども独自に記念日を制定して地元のPRに活用しています。本来年中行事だったものまで記念日として認識されているので、記念日の定義そのものがやっかいです。

もちろん記念日が守られるためには、暦の制定が条件となります。また記念日という言葉は古い用例がないので、おそらく明治以降にアニバーサリーの翻訳語として日本に定着した新しい概念ではないでしょうか。ちょっと前まで「紀念日」も目にしましたが、いつの間にか「記念日」に統一されているようです。

当初は為政者側の記念日（独立記念日だとか即位記念日あるいは戦勝記念日）が主流だったはずです。それは歴史的なできごとがあった日でもありました。当然プラスばかりではなく、敗戦記念日・震災記念日といった負の記念日もあるはずです。

それが次第に一般にまで広がり、戸籍が作られるようになると、誕生日や命日が記念日化されていったのでしょう。また結婚によって新しく世帯ができるわけですから、これも記念日化されていきます。こういったことは日本人と外国人というより、男性と女性に置き換えてみると、女性が記念日を大切にしているのに対して、男性はよく忘れる傾向にあるのかもしれません。みなさん、心当たりはありませんか。

最近では公私の中間、たとえば企業だとか商品だとかにまで記念日が制定されています。一九九一年には日本記念日協会（一般社団法人）が設立されており、既に二千件を超す記念日が登録されているとのことです。一年は三百六十五日しかありませんから、ある特定の日が複数の記念日になっていると見て間違いないでしょう（十月十日が一番集中しているとのことです）。

記念日が商品と結びついた古い成功例としては、土用の丑《うし》の日の鰻《うなぎ》とか節分の恵方巻《えほうまき》があげられます。七五三の千歳飴《ちとせあめ》、クリスマスのケーキやバレンタインデーのチョコレートもそうですね。こどもの日の柏餅《かしわもち》や粽《ちまき》、母の日のカーネーションも定着しています。案外売り上げ促進目的の記念日が多いことに驚かされます。

そんな中、一九九九年に十一月十一日が「ポッキー&プリッツの日」に制定されました。アラビア数字で書くと11月11日とタテ棒が四本並びます。これがポッキーやプリッツに見えることでその日が選ばれたわけです。江崎グリコはその日にイベントを開催するわけですが、それが見事に当たって、知名度も売り上げも伸びたとのことです。

また明治が販売している「きのこの山」と「たけのこの里」は、それぞれに記念日を制定しています。たけのこの里は「さと」が語呂《ごろ》で「三一〇」であることから三月十日、きのこの山は既にある「山の日」に便乗して八月十一日だそうです。明治はさらにどっちが好きかを決める「国民総投票二〇一八」を行い、僅差《きんさ》でたけのこの里が勝利しました。これも販売促進にかなり効果があったようです。

そんなわけで記念日は、新たなマーケティング戦略として大々的に活用されつつあるとのことです。特に特許もいらないし、語呂合わせでもなんでもいいし、日本記念日協会の認定など、登録料を払うだけで済むのですから、企業が飛びつくのも納得できます。もちろんお墨付きに効力はありません。要するに記念日が多いのは、そこに商品価値があるからなのです。

正月三日はかるた始め式

毎年正月三日の午後、祇園《ぎおん》にある八坂神社の能舞台で、「かるた始め式」が行われています。井筒装束店の協力を得て、女童《めのわらわ》の着るあこめや袿《うちき》をまとったかるた姫たちが、古式ゆかしくかるた取りを行うということで、毎年大勢の見物客がつめかけています。ただし平安時代にかるたはなかったので、古式といってもこれはあくまでかるた取りが始まった江戸時代の再現ということになります。

このかるた始め式は、そんなに古くから行われていた伝統行事ではありません。昭和四十六年に日本かるた院の鈴山透氏（初代名人）が八坂神社の協力を得て創始したものだったのです。それより前（昭和二十六年）に近江神宮で「かるた祭」が行われているので、それに倣った（対抗した）のかもしれません。それが令和二年まで五十回も続いたことで、伝統的な行事と思われるようになったのでしょう。平成十年に鈴山氏が亡くなられた後も、鈴山葵さん（透氏の奥様）と日本かるた院本院がずっと守ってきたのですが、平成二十九年（第四十七回）から全日本かるた協会近畿《きんき》支部が運営することになりました。

内容は日本かるた院のやり方をほぼ踏襲していますが、元クイーンと準クイーンによる模範試合を加えるなど、新しくなっているところもあります。実は両かるた会の最大の違いは、かるた院は札を押さえて取り、かるた協会は札を飛ばして取る点でした。その意味では、協会の取り方はお世辞にもみやびなふるまいとはいえないので、競技とは違ってゆっくりした動作で優雅に取るようにお願いしています。

ではここで質問です。なぜ、八坂神社で「かるた始め式」が行われているのでしょうか。それは八坂神社の御祭神が素《す》戔嗚尊《さのおのみこと》（『古事記』では速須《はやす》佐《さ》之《の》男命《おのみこと》）だからです。その素戔嗚尊が奇稲田《くしいなだ》姫《ひめ》（『古事記』では櫛名《くしな》田《だ》比売《ひめ》）との結婚に際して詠んだ「八雲立つ出雲《いずも》八重垣妻籠《つまご》みに八重垣作るその八重垣を」こそは、『古事記』『日本書紀』の最初に出てくる歌ということで、日本最古の和歌とされています。そのことは『古今集』仮名序にも「素戔嗚尊よりぞ三十文字《みそ》あまり一文字は詠みける」と記されています。

素戔嗚尊は和歌の創始者とされているので、百人一首とも縁があるわけです。そういった事情で、かるた競技の最初に詠みあげる序歌も、かるた始め式では通例の「難波津《なにわづ》に」歌ではなく「八雲立つ」歌にしています。また儀式ということで、本来の試合ならば読まない下の句まで続けて読みあげています。

そもそもかるた取りと正月は深く関わっていました。かるた協会の名人位戦・クイーン位戦が正月に行われているのも、正月がかるたに一番ふさわしい時期だと思われているからです。その最大の理由は単純で、昔は正月にしかゆっくり休みが取れなかったからでした。それもあって俳句の歳時記にも、「かるた取り」は正月の風物詩となっています。

ところが明治中期になって競技かるた（スポーツ）が普及したことで、一年中かるた取りが行われるようになりました。全国大会も毎月のように開催されているのですから、夏だろうと練習を休むわけにはいきません。その意味では、もはや「かるた取り」は正月の季語とは呼べなくなっています。「かるた取り」をシーズンレスにしたのが、他ならぬ競技かるたなのです。

そのかるた協会近畿支部が、優雅な「かるた始め式」を担当することになりました。これからは「かるた始め式」が単に八坂神社の儀式というだけでなく、全日本かるた協会の正月の年中行事となり、末永く続けられることを祈念します。

鏡開きは十一日か十五日か

お正月に飾った鏡餅を下げるのが鏡開きです。そもそも鏡餅は、新年にやってくる歳神《としがみ》様にお供えするものでした。鏡餅は歳神様が宿る依《よ》り代《しろ》だったのです。松の内が過ぎたら歳神様はお帰りになりますが、鏡餅には魂が宿っているので、そのお下がりをみなで頂くことで、無病息災を祈願しました。お供えしたものを頂く、これが鏡開きの基本です。

ただし飾ってからかなり時間が経っているので、鏡餅は堅くなっています。ですから「切る」にしろ「割る」にしろ大変な力仕事になります。ところで日本の年中行事の大半は、江戸時代に徳川幕府によって整えられました。要するに武士が定めたものなのです。そのため「切る」という言葉は、武士にとっては切腹を連想するということで避けられました。また「割る」にしても鏡が割れるのは縁起が悪いということで、忌み言葉になっています。そこで代わりに「開く」（末広がり）という言葉が用いられているのです。結婚式なども「終わる」は縁起が悪いので「お開き」が使われていますね。

ではその鏡開きは、正式には何日に行うのでしょうか。こんな質問をするということは、地域によってその日が違っているからです。一般に関東では十一日になっています。それに対して関西では十五日に行われることが多いようです。もともとは松の内が終わる十五日（小正月）まで飾って、その後の二十日に行われるのがしきたりでした。ところが三代将軍・徳川家光《いえみつ》が慶安四年（一六五一年）四月二十日に亡くなったことで、一月二十日は家光の月命日になってしまったのです。そこで松の内を短くして七日までとし、その後の十一日に行うことに急遽《きゅうきょ》変更しました。関東が十一日なのは、武家のしきたりというか、家光の忌日を避けるためだったのです。

もちろんそのしきたりは江戸以外（武士以外）には広まりませんでした。そのため関西では変更なく二十日もしくは十五日に行っているというわけです。なお十五日というのは、旧暦では満月に当たります。その満月のことを「望月《もちづき》」とも称しますよね。鏡餅も丸いことから、「もち」に因《ちな》んで十五日に行われることが多くなったようです。

ではみなさんの家庭では、「鏡開き」した餅をどのようにして食べていますか。たいていは、お汁粉やぜんざいに入れているのではないでしょうか。このお汁粉とぜんざいにも地域による違いがあるのですが、それはさておき小豆は餅よりずっと早くから食されていたようです。

もちろん起源は中国で、『荊楚歳時記《けいそさいじき》』には一月十五日に小豆粥を食したことが記されています。それが日本に伝来したわけですが、古く『土佐日記』の承平《じょうへい》五年（九三五年）一月十五日条にも小豆粥を食べたことが記録されています。もっとも、古くは米は入っていても餅は入っていませんでした。餅が入れられるようになったのは、下って江戸時代からのことです。というより小正月の行事として「鏡開き」と小豆粥が合体したと考えればわかりやすいのではないでしょうか。

小豆粥は今でもその風習が残っていますが、七日の七草粥にすっかりお株を奪われています。その代わり、十五日には粥ならぬ汁粉やぜんざいを食べているというわけです。折角の風習ですから、十五日には「鏡開き」した餅を使ってお汁粉やぜんざいを食べ、この一年を平穏に乗り切りましょう。

いちご記念日（一月十五日）

以下にあげた名前は何の品種か、おわかりになりますか。

咲姫・桜桃壱号・和田初こい・かおり野・ペチカ・夏娘・サマープリンセス・紅ほっぺ・アマテラス・あかねっ娘・レッドパール・雷峰・もういっこ

これはお米やブドウではありません。メロンでもさくらんぼでもありません。ヒントとして、とちおとめ（栃木県）・あまおう（福岡県）・あすかルビー（奈良県）といったら、もうおわかりですね。そう、これらはいちご（苺）の品種に付けられた名前です。桜桃壱号の「壱号」にはもちろん「苺」が掛けられています。最近は品種の改良が盛んで、淡雪（白いちご）までできています。私にはもう付いていけそうもありません。

そこでいちごについて、ちょっと勉強してみることにしました。まず植物学上の分類ですが、なんといちごはリンゴや梨・さくらんぼと同じくバラ科の多年草だそうです。木でもないのにちょっと変ですよね。ということで野菜に分類されることもあります。次にいちごの原産地ですが、古代のいちごはほぼ野いちご系で、世界中に分布していました。ただし、たいしておいしいものではなかったようです。

もちろん日本にも自生しており、古くは『日本書紀』に「いちびこ」と出ています。十世紀成立の『本草和名《ほんぞうわみょう》』や『倭名類聚抄《わみょうるいじゅしょう》』などには「以知古」とあるので、「いちびこ」から「いちご」に変化したことがわかります。古典文学にはほとんど登場していませんが、なぜか『枕草子』には二度も出ています。一つは四〇段「あてなるもの」に、「いみじううつくしきちごのいちごなど食ひたる」とあり、また一四七段「名おそろしきもの」に、「くちなはいちご」と出ています。この例によって当時いちごが食されていたこと、また蛇いちごの古名もわかります。「ちごのいちご」は駄洒落《だじゃれ》なのかもしれません。

現在のような甘いいちごは、十九世紀のオランダで改良されたものでした。世界を股《また》にかけて交易していたオランダは、北米原産のバージニア種と、南米原産のチリ種といういちごを交配させ、現在のいちごの原種を作り出すことに成功しました。

江戸時代、日本は鎖国をしていましたが、オランダと中国（清）の二国とは、長崎の出《で》島《じま》を通して交易していました。その経路で、いわゆるオランダいちごが日本にもたらされたのです。ただし当初は観賞用であり、広く食用として栽培されるまでには至りませんでした。多雨湿潤という日本の気候は、いちごの栽培に適していなかったのでしょう。

日本でいちごの栽培が行われるようになったのは明治中期ですが、現在のように一般化したのは、ずっと遅れて第二次世界大戦以後だとされています。というのも、いちごはクリスマスケーキや大福・チョコレートによって需要が拡大しており、季節を問わず生産できる温室（ハウス）栽培が必要だったからです。

ところで、みなさんが食べているいちごが、花のどの部分かご存じですか。いちごをよく見ると、小さなつぶがたくさんついているのがわかります。それがいちごの種（果実）です。一般的には子房という部分が成長して果肉になるのですが、いちごは枝の先端部分、それを花托《かたく》と称していますが、その花托が肥大したものです。それがバラ科の特徴なので、リンゴも梨もさくらんぼも、みんな花托を食べているのです。

なおこのいちごをめぐって、韓国とのやっかいな知的財産権問題が発生しています。日本側の言い分は、日本で開発した品種を韓国で交配して、それを韓国産のいちごとして売り出しているというものです。それに対して韓国側は、すべて韓国で開発された新品種だと主張しており、解決の糸口は見えません。韓国との摩擦は、かつての慰安婦や徴用工だけではなく、こんな身近ないちご・みかん・ブドウなどでも生じていたのです。

ちなみに、いちごの日は一月十五日です。語呂合わせでは一月五日でもよさそうですが、こちらは成人式に対抗して十五歳の記念日になっています。そのため十五日が「いい・いちご」として選ばれたそうです。いちごにはビタミンCやアントシアニンなどの栄養がたっぷり含まれているので、たくさん食べて寒い冬を乗り切りましょう。

節分（立春の前日）の「鰯の頭」と「柊鰯」

「節分」については前著『古典歳時記』で触れましたが、「鰯《いわし》の頭」についてもう少し補足することがあります。というのも、「いろはかるた」（京いろは）の中に「鰯の頭《かしら》も信心から」ということわざが含まれているからです。

これは信仰心の不思議さを皮肉っぽく述べたものですが、それがどうやら節分における「柊鰯《ひいらぎいわし》」と成立が近いようなのです。試みに古い例を探すと、ことわざの方は俳書『毛吹《けふき》草《ぐさ》』（一六四五年刊）に「いわしのかしらもしんじんから」とあるし、仮名草子『東海道名所記六』（一六五九年刊）にも「鰯のかしらも信じからなれども」と出ていました。それに対して「柊鰯」は、俳書『山之井』（一六四八年刊）冬・節分に、「いはしのかしらとひらぎのえだを鬼の目つきとてさし出し」とあるし、浮世草子『日本永代蔵《にっぽんえいたいぐら》』（一六八八年刊）にも、「世間並みに鰯の首・柊をさして、目に見えぬ鬼に恐れて心祝ひの豆うちはやしける」とありました。

ここからは推測ですが、どうもこの二つは別々のものではなく、お互いに関連しているのではないでしょうか。つまり節分の日に「鰯の頭」を門に刺すことの説明として、「鰯の頭も信心から」ということわざが発生（誕生）したように思えてなりません。

もちろん反論もあるでしょう。例えば「柊鰯」の歴史はもっと古く、平安時代の『土佐日記』にまで遡《さかのぼ》れるので、ことわざとの同時発生はありえないといわれそうです。ただし『土佐日記』冒頭の元日条には、「小家《こえ》の門《かど》のしりくべ縄のなよしの頭、柊ら、いかにぞ」とあって、鰯と柊の組み合わせにはなっていません。

ここにある「なよし」というのは、出世魚である鯔《ぼら》のやや小さめの時の名称です。いずれにしても『土佐日記』に鰯は登場していないことがわかりました。もちろんこれは元日の記事ですから「柊」が元日に用いられた最も古い例であることに間違いはありません。むしろここでは出世魚であることが求められているのではないでしょうか。

もう一例、鎌倉時代成立の『夫木《ふぼく》和歌抄』という歌集に藤原為家《ためいえ》が詠んだ、

　世の中は数ならずともひひらぎの色に出でてはいはじとぞ思ふ

に、「柊」と「鰯」が一緒に詠み込まれているとされているのですが、たとえ「言はじ」に「鰯」が掛けられているとしても、節分との関連が認められそうもないので、この歌を証拠にして歴史を遡らせるのは危険です。

今のところ、江戸時代以前に「柊」と「鰯の頭」が鬼除けとして用いられた確かな資料は見つかっていません。ただし「柊」だけなら、『古事記』のヤマトタケルの東征に柊の木で作った八尋《やひろ》の矛《ほこ》が出ています。「柊」は古くからありましたが、「鰯の頭」が登場するのは江戸時代以降なので、両者がセットで用いられるのも江戸時代以降ということになりそうなのです。

ところで「柊」に日本柊と西洋柊（クリスマス・ホーリー）があることはご存じでしょうか。両者の違いは明らかです。日本の「柊」（モクセイ科）の葉は対生で、同じ所から左右に一対の葉が出ます。それに対して西洋柊（モチノキ科）は互生で、互い違いに葉がつきます。両者とも白い花を咲かせますが、モクセイ科の花にはいい香りがあります。また日本の柊には黒っぽい実がつきますが、西洋柊には赤い実がなります。クリスマスのリースに用いられている赤い実がそれです。ややこしいことに、最近は「支那柊」（チャイニーズ・ホーリー、モチノキ科）で代用されることも少なくないとのことです。

「柊」のとげはキリストの受難であり、赤い実はキリストの血に喩《たと》えられています。もともと「ひいらぎ」という名の語源は「ひらぐ」という動詞で、意味はとげが刺さるとひりひり疼《うず》くことでした。経験された方もいらっしゃるかと思います。

最後に「柊」という漢字をよく見てください。木偏に「冬」ですよね。節分（もとは旧暦の大晦日《おおみそか》）との関係からか、冬を代表する木とされていることがわかります。ちなみに

『小野篁歌字尽《おののたかむらうたじづくし》』には、

春椿夏は榎《えのき》に秋楸《ひさぎ》　冬は柊《ひいらぎ》　同じくは桐

と、木偏に四季を合わせた漢字が見事に三十一文字の和歌に詠まれています。せっかくですから是非この歌を覚えてください。

二月が二十八日のわけ

ＮＨＫの「チコちゃんに叱られる！」で、「なぜ二月は二十八日までしかないの？」という質問がありました。その答えがやや曖昧《あいまい》だったので、ここでもう少し補足説明することにします。なお余計なことかもしれませんが、この問題は十年以上前にフジテレビの「理由ある太郎」で出題されたものでした。

最初に「二月が二十八日までしかない」は、日本の暦ではありえなかったことをいっておきます。いわゆる旧暦は月の運行が基準になっていますから、一ヶ月は二十九・五日でした。それを大の月（三十日）と小の月（二十九日）に分けるので、そもそも二十八日しかないという月などありえません。

それが明治六年に西洋の太陽暦（グレゴリオ暦）を導入したことで、初めて二月が二十八日になったというわけです。当然その理由は外国の暦に求めなければなりません。その大本は古代ローマの暦です。もっとも暦というのは農耕のために必要なものだったので、古くはギリシャの太陰暦が基本でした。

ただし、当時偶数が忌避されていたこともあり、ローマ暦の一つのヌマ暦では三十一日（四回）と二十九日（八回）に分けられていたようです。そうなると一年が三五六日（偶数）になるので、どの月かを一日減らさなければなりません。そのために二月から一日減らして二十八日になったというわけです。ではなぜ二月かというと、当時、一年は三月から始まっていたからです。農耕ですから春の種まきが一年の始まりだったのです。そうなると二月は一年の終わりに当たります。だから二月で年末の調整が行われたというわけです。

かつて一年が三月から始まっていたことの名残が、現在も九月と十月の英語名に認められます。九月はセプテンバーですが、これはセブンと同じ語源です。また十月のオクトーバーは、蛸《たこ》のオクトパスあるいは音楽のオクターブと同じく八（ラテン語のオクト）を意味します。ガソリンで使うハイオクのオクタンも同様ですし、株札のおいちょかぶの「おいちょ」も八を意味するポルトガル語（Oito）でした。

これを一月から数えると数字が二ヶ月ずれてしまいますが、三月から数えてみるとピッタリ合っていることがわかります（七・八番目）。もともと三月始まりだった暦を、ユリウス・カエサル（ジュリアス・シーザー）が一月から始めたことの歪《ひず》みが、月の名称に残っているというわけです。

ついでながら七月は、かつては五を意味するキンテリス（Quintilis）でしたが、カエサルが自らの誕生月である七月をジュライ（Julius）に改めたといわれています。それだけでなく、続く初代ローマ帝王アウグストゥスも、カエサルに倣って自分の誕生月であるセクスティリス（Sextilis）をオーガスト（Augustus）に改名したといわれています。

その際、アウグストゥスはユリウス暦（エジプト由来の太陽暦）では八月が三十日しかないことに不満を抱き、無理に八月を三十一日にしました。そうなるとどこかの月を一日減らさなければなりません。当時のユリウス暦は一年が三六五日だったので、二月は二十九日になっていました。それがアウグストゥスのせいで、またもや二十八日に減らされてしまったのです。なんと二月は太陰暦と太陽暦と、二度も二十八日に調整されたのです。

なお、カエサルとアウグストゥスの二人が自分の名前を付けた七月と八月を暦に挿入したために、九月と十月の数字が二つ後にずれたとまことしやかに説明しているものもありますが、それは間違いです。挿入したのではなく名前を変えただけだからです。一年が三月から始まるという基本さえ押さえておけば、ほぼ合理的な説明がつくようです。

五月十四日はけん玉の日

みなさんは「けん玉」で遊んだことがありますか。従来、けん玉に対する世間の関心は低く、たかがけん玉という一語で片付けられてきました。そのため遊び方はもちろんのこと、その起源・歴史などはほとんど調査されていませんでした。わずかばかりの説明も、けん玉のできない人によって書かれているため、頓珍漢《とんちんかん》なことが掲載されていたりしました。

特に辞書の説明は孫引きがはなはだしく、天下の『日本国語大辞典』でさえそうなのには悲しくなってしまいました。そこで私なりに資料を集めてけん玉の歴史を調べてみたところ、案外裾野《すその》が広いことがわかりました（吉海「けん玉の始原と現在」ふう足1・昭和五十六年十二月）。というのも、世界中に原始的けん玉が複数存在していたからです。

カイヨワの『遊びと人間』には、エスキモー（イヌイット）のけん玉（アジャコック）について、演技をしながら、

彼女はまたナイフを持ち、海豹《あざらし》を断ち割り、皮を剝ぎ、内臓を取り、胸を開き、肋骨を抜き、背骨を抜き、骨盤を取り、脚を切り、首を切り、脂肪を取り去り、皮を二つ

に折り、小便に浸し、陽で乾かす。

云々《うんぬん》と、獲物解体の手順を物語るとあります。これなど単なる遊びではなく、豊作を祈る儀礼ではないでしょうか。

アメリカ先住民には、リングアンドピンという遊びがあるそうです。またメキシコにはバレロという原始的けん玉がありますが、これはコルテスが征服した後に、スペイン人によって持ち込まれたものかもしれません。そこでヨーロッパを調べると、フランスのビルボケが見つかりました。フレデリック・グランフェルドの『ゲームの世界』によれば、フランス国王アンリ三世が好んで遊んでいたとあります。

ほぼ同様のものが、イギリスではカップアンドボールという名で遊ばれていました。有名なオックスフォード・イングリッシュ・ディクショナリーには、

柄の先端がカップ状になっている玩具。その柄には、糸によってボールが付けられている。それはボールを投げ上げ、カップ又はもう一方の先端の尖った部分で受けるためである。ゲームもこのようにして行う。

と説明してあります。

日本には文化六年（一八〇九年）刊義浪《ぎろう》編『拳会角力図会《けんさらえすまいずえ》』下巻にある「匕玉拳《すくいたまけん》」項に

「木酒器玉《こつぶたま》」（ワイングラス風）が図入りで掲載され、

かたき木にてコップを造り、本に長き紐を付、そのはしに同木にて造りたる玉を結び付、右の木酒器へ彼玉を五遍のうちに一遍すくひ入るか、又三べんの中に一ぺんすくひ入れるか、いづれにても最初のきはめによりて玉をすくひ込み、勝まけをあらそふ。此拳双方かはるがはるにする事なり。是も酒席に興ありてはなはだ面白き拳なり。

と説明されています。また文政十三年（一八三〇年）刊喜多村信節《のぶよ》作『嬉遊笑覧《きゆうしようらん》』巻十上「飲食」には、

安永六、七年の頃、拳玉と云もの出来たり。猪口の形して柄あるものなり。それに糸を付て先に玉を結たり。鹿角にて造る其玉を投て、猪口の如きものの凹《くぼ》みにうけ、さかしまに返して細きかたにとどむるなり。若《もし》うけ得ざる者に酒を飲しむ。

と出ています。これが「拳玉」という言葉の初出例のようです。ただしこれは遊郭における酒席の座興ですから、「狐拳・虫拳」などの仲間でしょう（じゃんけんの一種）。幕末期の柳亭種彦《りゆうていたねひこ》作『明鴉墨画廼裲襠《あけがらすすみえのうちかけ》』第十三編上下の表紙には、拳玉をしている女性の絵が描かれています。

なお江戸時代の日本は鎖国をしていたので、どちらかというとプロテスタント系である

イギリスのカップアンドボールの方が伝来したと考えられます。「木酒器玉」はその直訳と見てよさそうです。

もちろんこれらはすべて原始的けん玉であって、現在のものとは明らかに違います。細長い剣状の棒に鼓状の大皿・小皿が合体して、初めて近代的なけん玉となるからです。それがいつなのか長らくわかりませんでしたが、ついに広島在住の江草濱次さんが「日月《にちげつ》ボール」という名称で実用新案として登録されていることが判明しました。その日が大正八年五月十四日ということで、五月十四日がけん玉の日に認定されたのです。

けん玉発祥の地は広島県だったわけですが、あえてけん玉ではなく「日月ボール」として登録されているのですから、本来ならばこちらを正式名称とすべきですよね。かく言う長崎出身の私は、小学生の頃「日月ボール」という名のけん玉で遊んでいました。

五月二十七日は百人一首の誕生日？

非常に有名な作品であるにもかかわらず、百人一首がいつ成立したのかわかっていません。というのも、百人一首の成立に関わるような資料が不足しているからです。かつては藤原定家の撰《せん》ということさえも疑われていましたが、現在は多くの外部資料によって定家撰で間違いないだろうとされています。

もちろんまったく資料がないというわけではありません。百人一首自体からもわかることが多少あります。百人一首撰入歌の中で最も成立の遅い歌を探すと、藤原家隆《いえたか》の歌（九八番）が寛喜《かんぎ》元年（一二二九年）十一月の「女御入内屏風《にょうごじゅだいびょうぶ》」で詠まれたことがわかります。これによって百人一首は、少なくとも家隆歌が詠まれた寛喜元年十一月以降の成立ということになります。

次に百人一首の作者表記に注目してみましょう。まず定家は「権中納言定家」とあります。定家が「権中納言」に叙せられたのは、寛喜四年（一二三二年）正月三十日のことでした。定家が百人一首成立以前の官位で作者名を表記していたとすると、必然的に百人一首は寛喜四年正月三十日以降の成立となります。少し限定されてきましたね。この法則で前述の家隆の官位を見ると、「従二位家隆」とありました。家隆が従二位に叙せられたのは、文暦《ぶんりやく》二年（＝嘉禎《かてい》元年・一二三五年）九月十日なので、これによって百人一首の成立は文暦二年九月十日以降ということになります。

これとは別に、定家の日記『明月記《めいげつき》』の文暦二年五月二十七日条を見ると、

予、本より文字を書く事を知らず、嵯峨中院の障子の色紙形、ことさらに予書くべきの由、彼の入道懇切なり、極めて見苦しき事といへども、なまじひに筆を染めて之を送る、古来の人の歌おのおの一首、天智天皇より以来、家隆・雅経（卿）に及ぶ。

とあります。これは関東方の武将宇都宮頼綱《うつのみやよりつな》（法名蓮生《れんしょう》）に頼まれて色紙形を染筆して送ったという記事です。ここに百人一首とも百首ともありませんが、天智天皇から始まっていることなどから、危険を承知の上でこれを百人一首と結びつけて考えるようになりました。

ただしここで別の問題が生じました。前述のように家隆が従二位になったのは九月十日なので、五月二十七日の時点ではまだ「正三位」でした。そのため二つの資料に時間的なずれが生じています。そこにうまく百人一首によく似た百人秀歌という作品が浮上してきたのです。幸い百人秀歌では家隆の官位が「正三位」とありますから、『明月記』の記述と矛盾しません。

そこで百人秀歌を百人一首の草稿本とし、百人一首の「従二位」は九月十日以降に改訂されたと考えれば、なんとか矛盾が解消されます。百人一首における家隆の存在は、案外重要ですね。なお百人秀歌には百人一首にない言い訳めいた識語《しきご》が付いています。それは、

上古以来の歌仙の一首、思ひ出づるに随ひて之を書き出だす。名誉の人、秀逸の詠、皆之を漏らす。用捨は心に在り。自他傍難有るべからざるか。

です。署名などはありませんが、これも定家の識語とされています。

こうなると五月二十七日は、百人一首ならぬ百人秀歌の誕生日ということになります。

その方が承久《じょうきゅう》の乱の敗者である後鳥羽《ごとば》院・順徳院を含まない分、世間的にも無難なものといえます。ところが現存している小倉色紙の中に、明らかに百人秀歌であることを示すものがなく、むしろ百人一首にしかない歌の色紙が伝来していることから、この時蓮生に送られた色紙は百人秀歌ではなく百人一首と考えられています。ややこしいですね。

はたして官位との整合性を重視すべきなのか、それとも小倉色紙を重視すべきなのか、その結論はまだ出ていません。いずれにしても『明月記』のかなり危うい記事に依拠し、さらに百人秀歌の存在を黙殺して、五月二十七日が百人一首成立の日（誕生日）になっているのです。そうでもしないと誕生日の候補などあげられません。

七月七日はカルピスの誕生日

七月七日は何の日かと尋ねられると、たいていの人は「七夕」と答えるのではないでしょうか。実は、百年ほど前の一九一九年（大正八年）七月七日にカルピスが発売されました。ですから七月七日はカルピスの誕生日でもあるのです。

そこで質問です。ハイカラなカルピスという名前の由来はご存じですか。カルピスの「カル」はカルシウムから取られているようです。では「ピス」はいかがでしょうか。

最近のカルピスの宣伝に、「体にピース」とか「ピースボトル」が使用されているので、そこから「ピース（平和）」と誤解している人も少なくないようです。飲んで平和になるというのも悪くはないですね。でもそれは間違いです。「ピス」はサンスクリット語の「サルピス」から取ったものです。

意味は「熟酥《じゅくそ》」のことですが、何のことかわかりませんよね。では「醍醐味《だいごみ》」という言葉はご存じですか。一般には物事の本当の面白さという意味で使われていますが、それは本来の意味ではありません。「醍醐味」というのは乳製品の五味（五段階）の最上のものという意味です。古く『大般涅槃経《だいはつねはんぎょう》』に五味として「乳・酪・生酥《しょうそ》・熟酥・醍醐」があげられています。ですから「仏教で、牛乳を精製する過程における五段階の味」の一つです。

「七夕まつりの図」（『筆のしおり』）

　この命名には秘話がありました。最初は「カルピス」以外に「サルピス」なども候補にあがっていました。どれにするか迷ったあげく、なんと作曲家の山田《やまだ》耕筰《こうさく》に相談したところ、「カルピス」という母音の組み合わせがいいということで、最終的に「カルピス」に決まったというのです。まさかカルピスに山田耕筰が絡んでいるとは、夢にも思いませんでした。

それにしてもカルピスという名称に、なぜお経が関係しているのでしょうか。不思議だと思いませんか。どうやらそれはカルピスの発明者というか、生みの親と深く関わっているようです。

また質問です。カルピスの創業者は一体どんな人なのでしょうか。

カルピスを最初に作ったのは三島海雲《みしまかいうん》という大阪生まれの人でした。「海雲」という名は実家が浄土真宗本願寺派のお寺だったからです。十三歳で得度した海雲は現在の龍谷大学を卒業した後、中国へ渡り、そこから商いのためにモンゴルへ行きます。そこで体調を崩しますが、モンゴルの酸乳を飲んだことで快復しました。これが後のカルピスにつながるのです。

その後日本に帰国した海雲は、自分を健康にしてくれた酸乳・乳酸菌を日本に広めるために、製品開発に取り組みました。最初は「醍醐味」（乳酸菌で発酵させたクリーム）・「醍醐素」（脱脂乳を乳酸菌で発酵したもの）・「ラクトーキャラメル」（乳酸菌入りキャラメル）として販売しましたが、まったく売れず商売になりませんでした。

試行錯誤の末に、ようやく世界初の乳酸菌飲料として、国民的飲料「カルピス」が誕生したのです。これはご承知のように高濃度の原液を水で希釈して飲むタイプのものですが、その濃さによって腐敗しにくい性質を保っており、常温保存も可能でした。

カルピスの成功にはもう一つ、宣伝の奇抜さ抜きには語れません。三島はカルピスの宣伝を歌人の与謝野晶子に依頼し、

カルピスを友は作りぬ蓬萊《ほうらい》の薬といふもこれに如《し》かじな
カルピスは奇《く》しき力を人に置く新しき世の健康のため

という短歌を大正九年の広告に掲載しています。それだけに留《とど》まりません。大正十一年には独特の甘酸っぱい味を、

カルピスの一杯に初恋の味がある

という宣伝文句で表現しています。こうして「カルピスは初恋の味」というキャッチフレーズが浸透していったのです。当時の子供たちはそれでわかったのでしょうか。

これを具体的な形にしたのが、グラスに入ったカルピスに二本のストローが添えられている映像です。これが有名になったことで、「恋」を表す手話はここから作られたとまでいわれています。そんなロマンチックな話とは裏腹に、英語のカルピス（カウピス）は「牛のおしっこ」と聞こえるため、やむなく「カルピコ」という商品名に変更して海外で販売しているそうです。

ここで話を七月七日に戻します。三島は当然のように七夕をカルピスに取り入れました。もうおわかりでしょう。包装紙のあの水玉模様こそは、天の川をイメージしたデザインだったのです（星にも見えます）。必然的に織姫《おりひめ》と彦星《ひこぼし》の七夕神話が想起されますが、それが「初恋の味」とも関係していたのです。カルピスも奥が深いですね。

八月十三日は「君が代」記念日

日本の国歌に制定されている「君が代」について、みなさんはどの程度のことをご存じですか。ここでその歴史を少しばかり辿《たど》ってみましょう。まず出典ですが、一番近いのは『古今集』賀歌の巻頭にある、

我が君は千代に八千代にさざれ石の巌《いわお》となりて苔《こけ》のむすまで（三四三番）

です。これは題知らず・読人知らずの歌ですが、年賀に天皇の長寿を讃美《さんび》・祝福したものと考えてよさそうです。なお初句は「我が君は」とあり、「君が代は」という本文異同は認められません。

この歌は、以後いろんな歌集に再録され、その一つが『和漢朗詠集』です。その鎌倉時代の写本に初めて「君が代は」の語句が登場しますが、主流は依然として「我が君は」で

した。それが江戸時代になると、狭義的・主観的な「我が君は」より広義的・客観的な「君が代は」の方が使い勝手がよいということで、広く流布していきました。この「我が君は」から「君が代は」への変遷をまず押さえてください。

話変わって明治維新の後、日本に国際化の波が押し寄せてきました。そうなると対外的な外交儀礼の上で、どうしても国歌のようなものが必要になってきます。最初は薩摩《さつま》（鹿児島）という小さな世界でのことでした。当時薩摩に来ていたイギリス歩兵隊の軍楽隊から、日本を代表するような曲はないかと打診されたことがきっかけだったようです。それまで日本は国歌を持っていなかったし、持つ必要性も感じていませんでした。

そこで当時、薩摩の歩兵隊長を務めていた大山弥助《おおやまやすけ》（巌）は、自ら愛唱していた薩摩琵琶《びわ》の「蓬萊山」という曲の一部である「君が代」を推薦しました。それは歌の中に「巌」が入っているからかもしれません。いずれにしても「君が代」が国歌となる道筋を付けたのは、大山巌ということになります。その歌詞にイギリス海軍の軍楽隊長フェントンが曲を付けたのが最初の「君が代」でした。それは明治三年のことです。しかし歌詞と曲がしっくりしていないので、改めて雅楽課に作曲の依頼がありました。

雅楽課の奥好義《おくよしいさ》が日本古来の旋律をもとにまとめたものを、上司の林広守《はやしひろもり》が補作して曲として完成させ、明治十三年に演奏しています。これが現在の「君が代」の始まりとされているものです。それもあって「君が代」の作曲者を林広守としているものもあります。

これに洋学の和声を付けたのは、ドイツ人のフランツ・エッケルトです。

これを国歌として扱うこともありましたが、きちんと制定されないまま長く運用され、オリンピックなどのスポーツ競技の優勝者を称《たた》える際、あるいは小中学校で式典が行われる際に歌われてきました。ところが第二次世界大戦における軍国主義に対する反省、加えて新憲法で天皇が国の象徴とされたことから、学校で「君が代」を斉唱することの是非が激しく議論されました。その際、「君が代」に代わる新たな国民歌制定の運動もありました。

最終的には国旗及び国歌に関する法律によって、ようやく「君が代」は日本の国歌と制定されました。それは平成十一年八月のことです。こうして公布日である八月十三日が「君が代」記念日になったのです。ついでながら歌詞が一番しかない「君が代」は、世界で最も短い国歌の一つともいわれています。

チキンラーメン誕生秘話―八月二十五日―

NHKの朝ドラ「まんぷく」は、萬平さんがインスタントラーメンの製造に尽力する話でしたね。このドラマでは、天才的な発明家である萬平さんが、独自にインスタントラーメンを開発するストーリーになっているかと思います。妻の福子が天ぷらを揚げるのを見て、麺《めん》を油で揚げる瞬間油熱乾燥法を発案し、またチキン味にすることで「チキンラーメン」という商品名が誕生することになるのでしょう（ただし朝ドラではまんぷくラーメン）。

しかしながら現実のチキンラーメンは、そんなに単純なものではなかったようです。というのも、台湾の郷土料理に素麺《そうめん》を油で揚げた鶏糸麵（ケーシーメン）が存在していたからです（長崎の皿うどんも同様です）。そもそも実際の生みの親、百福《ももふく》さんは台湾出身（呉百福）でした。妻の安藤仁子《まさこ》と結婚したことで、安藤百福を名乗るようになったのです。もちろん当時の台湾は日本の領土だったので、国籍は日本でした。ひょっとするとドラマで憲兵からひどい扱いを受けた背景には、台湾出身者（三等国民）に対する差別があったのかもしれません。

敗戦後、台湾は独立して中華民国になりました。そのため百福さんの国籍は中華民国に変更されています。その同じ台湾出身の陳栄泰（大和通商）が、百福さんのチキンラーメンより前に即席「ケーシーメン」を商品化し、昭和三十三年に東京の百貨店で販売していました。それを大阪でも販売するために、関西の代理店として三倉物産が設立されました。興味を持った百福さんは早速その会社の株主になり、日本人の口に合うようににんにくを使用しない、麺を太くするなどの改良を加え、改めて「チキンラーメン」として販売したという話もあります（一個三十五円）。それが八月二十五日だったことから、日清《にっしん》食品はその日を即席ラーメン記念日にしています。

実は同年に、同じく台湾出身の張国文も即席麵「長寿麵」を販売していました。この三社がそれぞれ特許を出願したことで、泥沼的な特許騒動や元祖争いが生じています。インスタントラーメン誕生秘話は、ドラマのようなきれいごとでは済まなかったのです。この中で長寿麵は、昭和三十一年の第一次南極観測隊の食料に採用されており、記録上は一番早いことになります。ただし商品の売れ行きに関しては、百福さんのチキンラーメンが断トツでした。その理由がまた面白いのです。というのも、会社名をサンシー殖産（中交総社）から日清食品に変更したことが功を奏したからです。

ご承知のように昭和三十三年最大の出来事は、正田美智子様が皇太子殿下と婚約されたことでした（翌年ご成婚）。その美智子様の父親・正田英三郎《しょうだひでさぶろう》氏は日清製粉の社長でした。必然的にマスコミで日清製粉が頻繁に取り上げられたのです。

チキンラーメンは発売当初、サンシー殖産が無名の会社だったこともあり、安全性などに不安が持たれて売り上げは伸びませんでした。それが日清食品に変更したことで、日清製粉とのつながり、ひいては皇族と関わりがあると勘違いされ、ミッチー・ブームにあやかるように売り上げが急上昇したという神話もあります。百福さんはこれに便乗して「ミッチーラーメン」の商標登録まで行ったそうです。もちろんたまたま大量販売のスーパーマーケットが登場したこと、テレビコマーシャルをフル活用したことなどによって、チキンラーメンの需要が急激に伸びたことも確かです。また三菱商事との業務提携も信用につながったようです。

その後、海外にも市場を拡大するためにアメリカで試食販売したところ、アメリカにはどんぶりも箸《はし》もありません。するとバイヤーは麵を割って紙コップに入れ、そこに湯をかけてフォークで食べさせました。それが後のカップヌードルのヒントになったそうです。

ただしカップヌードルには問題が二つありました。一つは耐熱容器の開発、もう一つは麵の固まりをいかに均等に揚げるかという課題です。容器は発泡ポリスチレンを用いてクリアーしました（現在は紙カップ）。麵の揚げ方は、従来の麵を分割して揚げた後で固める方法を思いついたことで解決しました。

もちろん当初は値段が高かった（一個百円）こともあり、スーパーでは扱ってもらえませんでした。やむを得ず自動販売機方式を取り入れて、徐々に売り上げを伸ばしていきました。それが昭和四十七年にあさま山荘事件が起こり、寒い中で機動隊員がカップヌードルをすするシーンが放映されたことで話題になり、それから飛ぶように売れたということです。なんだかツキも味方したようですね。

「敬老の日」と「老人の日」

二〇二〇年の九月二十一日は「敬老の日」です。もともと敬老の日は九月十五日だったのですが、二〇〇一年に祝日法と老人福祉法が改正されて九月の第三月曜日に移動しました。

実のところ、敬老の日がなぜ祝日なのかはよくわかりません。「こどもの日」があって、「成人の日」があって、「母の日」があるのに、「老人の日」がないのはおかしいということでしょうか。それなら「祖父母の日」でもよさそうな気がします。いずれにしても「敬老の日」が祝日になったのは随分新しく、一九六六年のことでした。そこでは「多年にわたり社会につくしてきた老人を敬愛し、長寿を祝う」ことが趣旨だと説明されています。ただこれだと無条件で老人を敬愛するのではなく、長年社会につくしてきた老人だけが対象（条件）のようにも読めてしまいます。

ことの始まりは兵庫県多可郡野間谷村《のまだに》（現在の多可町）でした。戦後の一九四七年九月十五日に、村主催の「敬老会」を開催したのが最初だったそうです。時の村長・門脇政夫《かどわきまさお》氏は「老人を大切にし、年寄りの知恵を借りて村作りをしよう」という趣旨で始めたそうです。その時期は農閑期で気候も良いということで、たまたま九月十五日が選ばれました。後付けかもしれませんが、元正《げんしょう》天皇が霊亀《れいき》三年（七一七年）九月に「養老の滝」を命名し、元号を養老元年に改めたという伝説も踏まえられているようです。

当時は戦後の混乱期でもあり、息子を戦場へ送った親も多かったので、その精神的苦痛を和らげるべくお年寄りを労《いたわ》る日が制定されたのです。なお当時の「年寄り」は満五十五歳以上だったようです。この試みが村から兵庫県全体に広がりを見せ、さらに全国的な運動として広がっていきました。それが功を奏し、一九五一年には中央社会福祉協議会がこの日を「としよりの日」に定めています。

ただ「としより」という言葉の響きが悪いことから、一九六三年には老人福祉法が制定されたことを受け、九月十五日を「老人の日」に定めました。要するに「としよりの日」が「老人の日」に改名されたわけです。まだこの段階では祝日になっていません。野間谷村は運動の中心となって、「老人の日」を国民の祝日にするよう国に働きかけました。そして遂に一九六六年に「敬老の日」と改められた上、国民の祝日に制定されたのです。なお現在は、六十五歳以上を高齢者（老人）としているので、七十年経過する間に老人の年齢が十歳も高くなっていることがわかります。

そういう経緯で、多可町には「敬老の日提唱の地」という石碑が建てられています。二〇一六年九月十五日には、秋篠宮《あきしののみや》同妃両殿下をお迎えして「敬老の日」制定五十周年の記念式典も行われました。その日付が十五日から第三月曜日に動かされたことに関して、門脇政夫氏や公益財団法人全国老人クラブ連合会はもちろん反対の意を表明しています。それもあって「敬老の日」とは別に、同じく二〇〇一年に老人福祉法が改正され、九月十五日が「老人の日」と定められました。これによって本来一つだったものが、「老人の日」と「敬老の日」に二分されたのです。もっとも「老人の日」は老人福祉を啓発することが目的ですから、「敬老の日」とは明らかに趣旨が異なっています。

私も平成三十年の七月に満六十五歳（現在は六十六歳）になったことで、「敬老の日」が他人事《ひとごと》ではなくなったのです。

十月十日は何の日？

日本にはいろいろな記念日があります。その決め方は雑多で、本当に記念日にふさわしい日もあれば、単なる数字の語呂合わせで選ばれているものもたくさんあります。では十月十日はどうでしょうか。

かつて、一九六四年に東京オリンピックが開催されました。その開会式が十月十日だったことから、それを記念して十月十日が「体育の日」に制定され、一九六六年から国民の祝日になりました。その後、ハッピー・マンデー制度が導入されたことで、二〇〇〇年から「体育の日」は十月の第二月曜日に変更になりました。十日に定まっていたものが流動的になったわけです。さらに二〇二〇年からは「スポーツの日」に改名されることになっています。

その「体育の日」の撤退？によって、この日には様々な記念日が制定されたのです。その最大の理由は、十月十日が言語遊戯に適合している数字の並びだからでしょう。比較的古くからあったのは「目の愛護デー」でした。これは一九三一年に「視力保存デー」として制定されたのですが、第二次世界大戦後に親しみやすい「目の愛護デー」に改称されています。なぜ「目」なのかというと、これは語呂合わせというより「一〇」を横に並べると眉《まゆ》と目の形になることから選ばれたようです（絵文字的発想）。「耳の日」が三月三日、「鼻の日」が八月七日に制定されているのに対して、やや苦しい感じがしないでもありません。

同じような発想が「貯金箱の日」でした。これはやや進化系で、「一」を貯金箱のコイン投入口に、「〇」をコインに見立てています。ただしそれだけなら「十月」か「十日」のどちらかで済みますよね。同じ発想が「島の日」です。これは「島」を「トウ」と音読みしたことによるのですが、これも片方で済みそうです。まだあります。「トレーナーの日」がそれで、最初の「ト」が「十日＝とおか」の「とお」に通じるというだけの薄い関係しかありません。「空を見る日」も同様で、これは「空」を「天」（テン）に置き換えただけのことでした。

それとは別に、十月十日を「釣りの日」に制定したのは、「十」を「とお」と読むことから、「十・十」を「トト」（魚）と読んだことによります。同じくスポーツ振興くじの「ｔｏｔｏの日」にしても、「ｔｏｔｏ」が「十・十」に通じたからでした。もう一つ同じ理由で「トートバッグの日」にもなっています。さらに「転倒予防の日」というのは、

「転倒」が「テン」・「とお」に通じているからでした。同様に「銭湯の日」になっているのも、「一〇一〇」が「せん（千）とお」と訓読できたからです。

ちょっと苦しいものもあります。「冷凍めんの日」は「零」（れい）と「十」（とお）の語呂合わせですが、おわかりのように最初の「一」が機能していません。また「トマトの日」にしても「と」が二つあることはあるのですが、間にある「マ」の説明ができていません。

それに対して「まぐろの日」は由緒があります。万葉歌人である山部赤人《やまべのあかひと》が聖武天皇のお供をして明石《あかし》を訪れた際、「しび釣ると海人船《あまぶね》さわき」（九三八番）という長歌を詠じています。「しび」というのが「鮪《まぐろ》」のことです。これがちょうど神亀三年九月十五日（新暦七二六年十月十日）に詠まれていることから、記念日にされているのです。もう一つの「缶詰の日」にしても、明治十年十月十日に北海道で鮭の缶詰製造が始まったことによります。これなら記念日としてまったく問題ありません。

別な読み方、たとえば「十」を「ジュウ」と読むことで、十月十日は「お好み焼きの日」になります。これはお好み焼きが鉄板の上でジュウジュウ焼ける音です。音だけなら「焼肉の日」でも良さそうですが、既に「焼肉の日」は語呂合わせで八月二十九日に決められていました。もっとアクロバチックなものもあります。みなさんは「十月十日」という漢字四文字を組み合わせて、漢字一字を作れますか。それが「萌」という漢字なので、十月十日は「萌の日」になっています。ついでながらもう一つ漢字が作れますよね。はい、「朝」です。これに「一〇一〇」を「一礼一礼」と読んで、合わせて「朝礼の日」とされています。

それとは別に、十月十日を「とつきとおか」と読むとたちまち妊娠期間に変身します。ということで、十月十日は「赤ちゃんの日」ともされています。記念日の決め方なんて、こんなものなのです。

十一月五日は津波防災の日（世界津波の日）

「津波（tsunami）」が世界共通語だと知って驚きました。ではどのような経緯で世界中に「津波」が知れ渡ったのでしょうか。不思議に思って調べてみたところ、すぐにラフカディオ・ハーン（小泉八雲）の存在が浮上してきました。

それを踏まえて質問です。みなさんは「稲むらの火」というお話をご存じでしょうか。これは江戸末期の安政元年（一八五四年）十二月二十四日に起こった「安政南海地震」の際に発生した大津波をもとにしたお話です。地震の後に押し寄せてきた津波から広村（現在の和歌山県有田郡広川町）の村民を守るため、庄屋の五兵衛さん（モデルは浜口儀兵衛）が刈り取った稲の束に火をつけて火事だと思わせ、みんなを高台にある庄屋の家に集めたことで、津波から村民の命を救ったというお話です。

私は、この話は当然日本人によって書かれたものだと思いこんでいました。ところが原作は小泉八雲によって書かれた英文だったのです。そもそも八雲は、明治二十九年（一八九六年）に三陸海岸を襲った明治三陸地震津波のニュースを知ったことで、かねて伝え聞いていた浜口儀兵衛の逸話を重ね合わせて、感動的な話に仕立て上げました。それが「A LIVING GOD（生き神様）」という英文の短編でした。その中に「tsunami」という言葉が用いられているのです。この話が『仏の畑の落穂』という本に収録されて世界中に発信されました。

もっとも八雲の作品に、「稲むらの火」というタイトルは付いていません。これはまったく別のルートが考えられます。それは以下のような経緯です。和歌山出身の中井常蔵は、師範学校の英語の授業で八雲の短編集を教科書として学びました。その中に「A LIVING GOD」が入っていたのです。卒業して小学校の教師となった中井は、昭和九年（一九三四年）に文部省が国語読本の教材を公募した際、感銘を受けた「A LIVING GOD」を翻訳し、さらにわかりやすく手を加えて応募しました。その時のタイトルが「燃ゆる稲むら」でした。

それが入選して小学五年生用の国語読本に掲載された際、タイトルが「稲むらの火」となったのです。これは昭和十二年から二十二年までずっと教科書に掲載され続けてきました。その間、昭和十九年（一九四四年）には昭和東南海地震が、昭和二十一年には昭和南海地震が起きています。それは安政南海地震から九十年後のことでした。「天災は忘れたころにやってくる」という言葉通り、地震や津波は周期的に繰り返すものなのです。

幸い広村は、浜口儀兵衛が私財を投じて築いた広村堤防によって、甚大な被害からまぬがれました。八雲は作品で儀兵衛を「生き神様」と称しましたが、儀兵衛の本当の偉さは、将来の津波に備えて防潮堤を築いたことにあったといえます。

この浜口儀兵衛は実は庄屋ではありません。和歌山は醬油《しょうゆ》生産で有名ですが、儀兵衛は千葉県銚子《ちょうし》にあるヤマサ醬油の七代目当主でした。その醬油業で得た利益を投じて、村民に日当を払って作業に従事させ、四年がかりで堤防を作り上げました。日当を払ったお蔭《かげ》で、離村する人も少なかったとのことです。

この「稲むらの火」が防災の教材として知れ渡ったこともあって、平成二十三年（二〇一一年）に十一月五日が「津波防災の日」に制定されました（別に関東大震災に因《ちな》んだ「防災の日」〈九月一日〉もあります）。かつて儀兵衛が稲むらに火をつけた十二月二十四日を新暦に換算すると、十一月五日になるからです。

その年の三月十一日には東日本大震災が起きているので、三月十一日も有力な候補日でした。最終的には「震災」ではなく「防災重視」ということで、十一月五日が選ばれたのです。もし「稲むらの火」の教訓がその時まで継承されていれば、津波による被害はもっと減らせたのにという思いが込められているのでしょう。

その後、平成二十七年（二〇一五年）に国連が、十一月五日を「世界津波の日」に制定しました。日本では「稲むらの火」を何カ国もの外国語に翻訳し、世界中に配布する運動を続けていたからです。こうして「津波」は世界共通語になったというわけです。

十一月十一日は何の日？

日本記念日協会の発表によると、一年で記念日が最も多い日は十月十日で、その次は十一月十一日だそうです。では十一月十一日には「ポッキー&プリッツの日」以外にどんな記念日があるのでしょうか。面白そうなのでさっそく調べてみました。

その日にちなむ歴史的なできごとはというと、真っ先にあげられるのが一九一八年十一月十一日に第一次世界大戦の停戦協定が調印されたところから、「第一次世界大戦停戦記念日」になっていることです。その日はヨーロッパ全体で共有されているだけでなく、ポーランドでは「独立記念日」となっています。

日本では応仁の乱が収まった文明九年（一四七七年）十一月十一日（旧暦）を記念して、新暦でもこの日を「西陣の日」としています。またややマイナーですが、宝石のカラットが日本に導入されたのが一九〇九年十一月十一日ということで、その日は「ジュエリー・

デー（宝石の日）」でもありました。

もう一つ、完全に日付が合致しているわけではありませんが、チーズに類する酥《そ》が文武天皇四年（七〇〇年）十月（新暦では十一月）に製造されたことに因み、この日は「チーズの日」ともされています。また国会議事堂が昭和十一年十一月に完成したことから、「公共建築の日」にもなっていますが、これはあまり知られていないようです。

十一ということでは、サッカーが十一人対十一人で試合するところから、当然のように「サッカーの日」にも選ばれています。それだけではなく、十一（11）月十一（11）日は数字にするとタテ棒が四本も並んでいるのですから、「チンアナゴの日」「もやしの日」「きりたんぽの日」「美しいまつ毛の日」「立ち飲みの日」「コピーライターの日」「ネイルの日」「えんとつの日」「箸の日」「串カツ田中の日」などが考案されています。こういった数字の並びが、記念日を多くした理由のようです。

言語遊戯も有効で、「一」を「い」と読むと「一一」で「いい」日になるので、語呂合わせで「いい出会いの日」にもなっているし、「いい日いい日」で「介護の日」にも制定されています。また英語で一をワンと読んで、ワンがたくさんあるから、あるいは大根が並べて干してある状態と似ていることから「たくあ（わ）んの日」ともなっています。やや苦しくなってきました。

さらに漢字の十一をくっつけると「士」（土）になることから「サムライの日」にも制

定されています。同様に鮭の漢字の右側の旁《つくり》が「圭」であることから、「鮭の日」にも使われています。また十一が磁石のプラスとマイナスに見えることから、「磁気の日（磁石の日）」や「電池の日」にも定められています。

それと類似した発想ですが、コンセントの差込口が「11 11」に見えることから、「配線器具の日」にもなっています。同様の見立てで、弦四本の「ベースの日」でもあります。その他、細長いめんにも見えるので「めんの日」でもあります。面白いのは（11）が豚の鼻に見えることから、「豚まんの日」にもなっていることです。

なお月と日が両方ともペア（同じ数字）になっているのは暦で唯一この日だけなので、「恋人たちの日」「おそろいの日」「くつしたの日」にも活用されています。こじつけに近いのは、一を四つ組み合わせると正方形になることから「おりがみの日」になっていることでしょうか。違和感があるのは、十一と十一が左右対称であることに目をつけて、「鏡の日」になっていることです。タテ棒とは別に、落花生は一つのカラに二粒の豆が入っていることから、「ピーナッツの日」にもなっています。

いかがでしょうか、十一月十一日に記念日が多い理由、納得できましたか。

時は元禄十五年師走半ばの十四日

毎年十二月になると、クリスマスと一緒に忠臣蔵の季節が訪れます。小さい頃に耳にしたのは「時は元禄十五年、師走半ばの十四日」という講談調のセリフでした。これを三波春夫が歌っていた「元禄名槍譜《げんろくめいそうふ》 俵星玄蕃《たわらぼしげんば》」で調べてみると、

時に元禄十五年十二月十四日、江戸の夜風をふるわせて、響くは山鹿《やまが》流儀の陣太鼓、しかも一打《ひとう》ち二打ち三《さん》流れ、思わずハッと立ち上がり、耳を澄ませて太鼓を数え、おう、正しく赤穂《あこう》浪士の討ち入りじゃ、助太刀するは此《こ》の時ぞ、もしやその中にひるま別れたあのそば屋が居りはせぬか。

云々と出ていました。感動的な語りなので、一度聞いてみてください。

ご承知のように、これは大石内蔵助《おおいしくらのすけ》一行が吉良上野介《きらこうずけのすけ》の邸に討ち入りして、亡き主君浅《あさ》野《の》内匠頭《たくみのかみ》の敵討ちをした忠臣蔵の名ゼリフの一つです（他に「遅かりし由良之助《ゆらのすけ》」もあります）。実際にあった事件ですが、当時は「赤穂事件」と称されていました。それがわずか一ヶ月後には、『傾城阿佐間曾我《けいせいあさまそが》』の大詰めに討ち入りの趣向が挿入されて上演されています。同じ仇討《あだう》ちの曾我物は利用しやすかったのでしょう。

たまたま討ち入った赤穂浪士が四十七人だったことから、「いろは」に置き換えられるのにも時間はかかりませんでした。『忠臣いろは軍記』『粧武者《よそおいむしゃ》いろは合戦』『忠臣いろは夜討』などがその例です。たちまちのうちに浄瑠璃《じょうるり》や歌舞伎に取り入れられ、大ヒットし

ました。

もう一つ「蔵」についても、元文五年（一七四〇年）に『豊年永代蔵《ほうねんえいたいぐら》』が上演されており、「いろは」と「蔵」が結びつくのは時間の問題でした。そして遂に浄瑠璃『仮名手本《かなでほん》忠臣蔵《ちゅうしんぐら》』が誕生したのです。「いろは」を使わず「仮名手本」と言い換えた点は見事ですね。作者は竹田出雲《たけだいずも》・三好松洛《みよししょうらく》・並木千柳《なみきせんりゅう》の合作です。初演は事件から四十五年後の寛延元年（一七四八年）のことでした。歌舞伎でも同年に上演されています。この作品が大ヒットしたことによって、「赤穂事件」は「忠臣蔵」と呼ばれるようになったのです。

もちろん幕府を刺激しないように、徳川将軍を室町将軍に遡らせ、登場人物の名前なども巧妙にパロディ化されています。たとえば、大石内蔵助は大星由良之助《おおぼしゆらのすけ》という名前になっています。なお「忠臣蔵」の「蔵」に、内蔵助が響いているという見方もあります。浅野内匠頭は塩冶判官高定《えんやはんがんたかさだ》ですが、これは赤穂は塩が名産だったことからの命名です。

忠臣蔵の人気は三百年経った現在まで衰えず、毎年この時期になるとどこかのテレビ局で新旧問わず忠臣蔵のドラマが放映されています。この事件は外国人も関心を持ったらしく、一八七〇年にはミットフォードが「47 RONIN」というタイトルで赤穂事件を英訳しています。その五年後には、F・V・ディキンズが『仮名手本忠臣蔵』を全訳しており、日本文化の特徴を表すものとして外国に知られています。

なお元禄十五年は西暦では一七〇二年ですが、日本の旧暦と新暦では一ヶ月程ずれます

◎角川ソフィア文庫 6月の新刊

角川ソフィア文

2020

6

新刊・話題の書

改訂新版 共同幻想論

吉本隆明

読み継がれて半世紀——「戦後思想の巨人」の代表作。大きな文字の新装版！

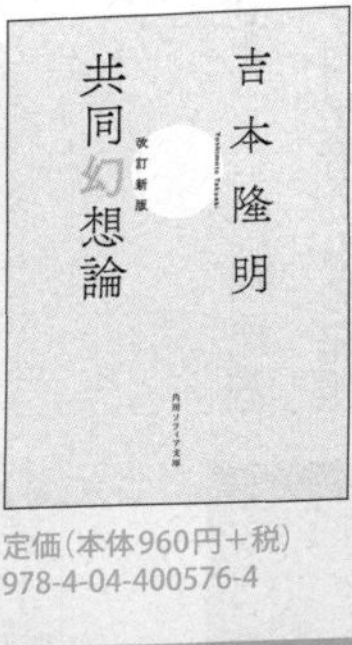

定価（本体960円＋税）
978-4-04-400576-4

KADOKAWA
発行　株式会社KADOKAWA
〒102-8177　東京都千代田区富士見2-13-3
0570-002-301（ナビダイヤル）　https://www.kadokawa.co.j
内容やカバーは変更する場合がございます。
定価に付した番号はISBNコードです。 2020年6月現在の定価です

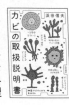

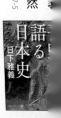

から、十二月だけは年を越して一七〇三年の一月にずれ込んでしまいます。ということで、討ち入りが実行されたのは一七〇三年一月三十日のことでした。ただし新暦になっても高輪《たかなわ》にある泉岳寺（赤穂義士の墓所）では、毎年十二月十四日に盛大に義士追善供養が行われています。

もう一つ細かなことで恐縮ですが、吉良邸に討ち入ったのは「寅《とら》之上刻」とされています。現在でいうと午前三時過ぎです。旧暦では午前三時を過ぎると翌日になるので、正しくは十五日未明ということになります。時々「討ち入りは十二月十五日」となっているのはそのためなのです。暦というのは案外面倒なものです。

クリスマス・イヴは十二月二十五日？

みなさんはクリスマスをどのように過ごしていますか。そもそもクリスマスはキリストの降誕（聖夜）を祝う宗教行事ですよね。ですからChristmasの語源は、キリストのミサ(mass）とされています。クリスチャンだったら教会に集まってミサに参加するのが普通かと思います。

クリスチャンでない多くの日本人は、宗教とは切り離されたクリスマスを楽しんでいることでしょう。といっても、日本人はクリスマス当日よりも、クリスマス・イヴの方を楽しみにしているのではないでしょうか。というのも、クリスマス・ツリーやサンタクロースのプレゼント、クリスマス・ソングを含め、もはやクリスマス・イヴは日本の年中行事の一つといっても過言ではないからです。

クリスマス・ケーキに至っては、もともとケーキを食べる習慣は外国にもなかったようです。アメリカにしても七面鳥は食べますが、クリスマス・ケーキは食べていません。どうやらこれはバレンタインのチョコレートと同様に、ケーキ屋さんが仕掛けた商法（戦略）のようです。その仕掛け人は不二家《ふじや》で、一九一〇年からクリスマス・ケーキを販売し始めています。それにまんまと乗せられて、私たちはケーキを買わされているわけです。

もちろん家族揃ってケーキを囲む一家団欒《だんらん》というのも悪くないですよね。またいつの頃からか、クリスマス・イヴは若いカップルが一緒に過ごすという風習も広まってきました。

さて、みなさんはクリスマス・イヴの「イヴ」はどんな意味かご存じですか。多くの人は「前夜祭」と答えるかと思います。答えは簡単で、イヴは「evening」の略です。ですから夜は夜でも「前」夜という意味ではなかったのです。

このことはNHKの人気番組「チコちゃんに叱られる！」でも取り上げられました。例によって「ネーネー岡村、クリスマス・イヴって何？」という質問があったのです（平成三十年十二月二十一日放送）。その答えはまさに「クリスマス当日の夜」でした。それに対して「えーっ、イヴは二十四日の夜じゃないの？」という疑問の声もあがりますよね。

ここに暦の違いというか難しさがあります。もともとクリスマスをいつにするかは決まっていませんでした。それを冬至の日に決めたのです。というのも冬至以降はだんだん日が長くなっていくからです。その後、暦の大きな変遷がありました。現在でもユリウス暦を使用している宗派（エルサレム総主教庁・ロシア正教会など）だと、クリスマスは一月七日になります。これは現行のグレゴリオ暦と十三日もずれているからです。

もう一つは一日の始まりをいつにするかです。現在は午前零時から翌日になりますよね。深夜に日付変更時点が設定されているわけです。原始的な社会では、日の出から一日が始まるとされているところもありました。それと反対に、一日は夜から始まるとされているところもあります。一日は日没で終わると考えるとわかりやすいはずです。

ということで古代のユダヤ教では、日没をもって日付が変わるとされていたのです。当然二十五日は二十四日の日没から始まることになります。それは決して前夜ではなく、当日の夜だったわけです。これが基本にあるので、二十四日の夜がクリスマス・イヴと称されたのです。逆にいうと二十五日の夜は既にクリスマスを過ぎていることになります（二十五日のクリスマス・ケーキ！）。でも現在の感覚からすると、「前夜」の方がしっくりきますね。

大晦日の疑問

年の瀬の十二月三十一日は「おおみそか」と呼ばれていますね。古典を学んでいる者としては、多少違和感を抱かずにはいられません。というのも「みそか」というのは「三十日」のことだからです。では三十日より一日多い三十一日だから「大みそか」というのかというと、そんなことはありません。この「大」は一年の最後の「みそか」という意味です。

もちろんこれは旧暦から新暦へ移行したことによって生じたものです。旧暦（太陰太陽暦）は月の運行をもとにしています。その月は二十九・五日周期で地球を廻っていますから、三十日の月（大の月）と二十九日の月（小の月）が混在しているのです。ですから十二月三十一日など絶対に存在しませんでした。逆に十二月二十九日が大晦日になる可能性はありました。

ところで「大晦日」の別の呼び名をご存じですか。文学好きの人なら、すぐに樋口一葉《ひぐちいちよう》の「大つごもり」（明治二十七年）という小説を思い浮かべることでしょう。これは借金返済のためにお店《たな》のお金に手をつけるという暗い話です。どうしてその話に「大つごもり」という題名が付いているかというと、まさに「おおつごもり」の日が借金返済の最終日だったからです。

ここでどちらの言い方が古いのか調べてみると、「おおつごもり」は室町期以降の用例があがっているのに対して、「おおみそか」の方は江戸時代中期以降の例しかあがっていませんでした。となると「おおつごもり」の方が古い言い方ということになります。

もともと「つごもり」というのは「月隠《つきごもり》」が語源とされています。要するに月が見えなくなる新月のことを意味しているのです。その「おおつごもり」には一年間の罪・穢《けが》れを祓《はら》うため、宮中では大祓《おおはらえ》が行われていました。また新しい年の豊作を祈って歳神を祀《まつ》っていました。これは仏教ではなく神道の行事だったのです。

これに仏教が入り込んできたことで、ややこしくなってきました。「除夜の鐘」はまさしく仏教ですね。この「除夜」という中国由来の言葉も「大晦日」と同じ意味です。人間の煩悩は百八あるということで、鐘を百八回撞《つ》いてこれを除去しようというわけです。撞き方にも作法があるようですが、原則は鐘を撞いている間に日付が変わって新年になることです。

この風習は、ひょっとするとNHKの前身がラジオで上野寛永寺の除夜の鐘を放送したことが起源なのかもしれません。マスコミによって作られた可能性があります。それが現在も「ゆく年くる年」という長寿番組に継承されているのです。こうして古くは神社に初《はつ》詣《もうで》していたものが、いつしかお寺でも構わないことになっているようです。もっとも昔は神仏習合でしたが。

その初詣ですが、かつては大晦日に参拝し、引き続き元日に参拝するのが普通でした。今でも二年参りの風習が残っているところもあるようです。もちろん参拝するのは自分の氏神様（住んでいる土地の神社）でした。ところが明治以降に鉄道網が発達したことで、遠くの大きな神社で参拝することができるようになりました。現在参拝者が一番多いのは明治神宮です。明治神宮にどんなご利益があるのか、知らないでお参りしていませんか。

いまは風物詩となっている「年越しそば」は江戸時代から始まったもので、本来は宗教とは無縁のものでした。もともとは金箔《きんぱく》職人が飛び散っている金箔を集めるために蕎麦粉《そばこ》を使っていたことから、年越しそばを食べると金が集まる・金運に恵まれるという縁起担ぎが土壌になっているとされています。また、そばは「そば切」ともいいますが、麺が切れやすいことから、一年の厄を切るという意味も込められているようです。ですから同じ麺類でも、うどんやラーメンでは年越しそばの代用にはなりません。そばを食べてください。

第三章　花鳥風月を楽しむ

木版のねこ

猫の慣用句

人間の生活と深く関わっている動物といったら、真っ先に「犬」と「猫」があげられます。もちろん最初からペットだったわけではありません。「古典文学と雀」（108頁）でも触れているように、犬は狩猟に役立つものとして飼いならされたのだし、猫は鼠の害を防ぐためにお寺や養蚕場で飼われました。

それが長い期間人間の傍《そば》にいたことで、「猫」にまつわる言葉がたくさん醸成されています。みなさんはいくつくらいあげられますか。一番身近なのは「招き猫」の置物でしょうか。これは猫が福を招くと信じられていることによります（右手をあげているのは金、左手は人を招く）。生活に密着したことわざもたくさん作られました。「いろはかるた」には「猫に小判」があります。類似表現として「猫に石仏《いしぼとけ》」「猫に経」もあるし、動物を替えれば「犬に論語」「馬の耳に念仏」「牛に麝香《じやこう》」「豚に真珠」（聖書由来）などもあります。

もちろん犬との比較もされており、「犬は人につき猫は家につく」とされています。そのためでしょうか、「猫は三年飼っても三日で恩を忘れる」ともいわれています。ただし猫は化けるらしく、「猫を殺せば七代祟《たた》る」と恐れられています。

「猫に小判」の反対語として、「猫にまたたび」や好物の「猫に鰹節《かつおぶし》」もあります。それに関連して「猫を追うより鰹節を隠せ」とか「猫を追うより魚を除《の》けよ」「猫叱るより猫を囲え」ともいわれています。そこから「泥棒猫」も出てきますが、これは男を奪いとった女性に浴びせかけられる言葉（比喩《ひゆ》）に偏っています。猫は女性に、犬は男性に喩《たと》えられてきたからでしょう。

もともと猫は鼠を捕るのが役目ですから、「鼠捕る猫は爪を隠す」ですし、反対に「鳴く猫は鼠を捕らぬ」ともいわれています。猫が役に立たない時には「猫いらず」（殺鼠剤《さつそざい》）が使われます。そこから比喩的に「猫と庄屋にとらぬはない」ともあります。この場合、猫は鼠を捕り庄屋は賄賂《わいろ》を受け取ることになっています。「窮鼠《きゅうそ》猫を嚙《か》む」というのは鼠の方が主役です。鼠との関係では「猫に鈴をつける」もあります。

食べ物では「猫まんま（飯）」が有名ですね。「猫の食い残し」というのは食べ散らかすことですが、猫も食べない「猫跨《また》ぎ」もあります。また女性との関わりで、「女の怖がると猫の寒がるは嘘」ともいわれています。「猫ばば」というのは拾得物を自分のものにしてしまうことですが、もとは「猫がばばを踏む」でした。「ばば」というのは糞《くそ》のことで、猫は排便後に後足で砂をかけて隠すことから、悪事をしても知らん顔をしていることの譬えに用いられるようになりました。猫にとってはちょっと気の毒な気がします。

「猫も杓子《しゃくし》も」というのは何もかもという意味です。これは古く一休禅師が、生まれては死ぬるなりけりおしなべて釈迦《しゃか》も達磨《だるま》も猫も杓子も（『一休咄《いっきゅうばなし》』）

という歌を詠じています。必ずしも猫と杓子に深い関わりがあるわけではなさそうです。

猫の体に関わるものも多く、狭いものは「猫の額」、冷たいのは「猫の鼻」、変わりやすいのは「猫の目」ですね。熱いものが苦手なのが「猫舌」、背中が丸くなっているのが「猫背」、媚《こ》びを含んだ声は「猫撫《な》で声」です。忙しい時は「猫の手も借りたい」といいますが、もちろん役には立ちません。「猫足」は忍び足のこと、「猫の尻尾《しっぽ》」はなくてもいいことの譬えです。余談ですが長崎の猫は尻尾が曲がっていることで有名です。

「猫の恋」は俳句の季語（春）になっていますが、最近はシーズンレスですね。「借りてきた猫」はおとなしいものの喩えですが、それは「猫を被《かぶ》」っているからです。「猫に傘」は傘を開く音で猫が驚くことです。ちょっと卑怯《ひきょう》な「猫だまし」は、相撲の決まり手にもなっています。「猫かわいがり」は溺愛《できあい》すること、簡単に貰《もら》うのが「猫の子をもらうよう」で、誰もいないことが「猫の子一匹いない」です。「猫に紙袋」は紙袋に入った猫がそのまま後ずさりすること（尻込みすること）です。

探せばまだあると思いますが、これだけでも十分猫と人間の深いつながりがわかりますよね。

「豚に真珠」をめぐって

明治期に入ってきた英文の聖書が日本に与えた影響ということを考えてみましょう。有名な「目から鱗《うろこ》」という言葉は「使徒言行録」にあって、それが日本に広まって慣用語になりました。今回は聖書を出典としたことわざについて述べさせていただきます。

その前に、まずことわざをかるたに仕立てたものをご存じですか。そうです。「いろはかるた」です。これは子供用とされていますから、幼稚園か小学校の低学年あたりで、一度は遊んだことがあるかと思います。では早速ですが、みなさんはこの「いろはかるた」がいつ頃できたか知っていますか。

多くの人が古くから日本にあった伝統文化だと思っているようですが、実際は文化年間頃、つまり一八〇〇年代初頭に成立した比較的新しいものでした。その「いろはかるた」には二種類あります。最初に京都で作られたのが「一寸先は闇」で始まる、いわゆる「京いろは」です。それが江戸に伝わり、内容（ことわざ）が変更されて「犬も歩けば棒に当たる」で始まる「江戸いろは」ができました。俗に「犬棒かるた」と言われているものです。さらに「いやいや三杯」で始まる「上方《かみがた》かるた」も作られ、また「中京《なかぎょう》かるた」などのバリエーションも派生しています。

「いろはかるた」の場合は、いろは四十七文字に「京」を加えた四十八枚ですから、いとも簡単に新種の「いろはかるた」を創作することができます。もちろんことわざに限りません。平成になってからも、山城青年会議所が「やましろかるた」の募集をしました。応募が少ないと寂しいなと思って私も投稿しました。幸い私の作ったものが四つ採用されましたが、悔しいことに同志社女子大学を読み込んだものは一つも入選しませんでした。唯一「同志社は筒城の丘にそびえたつ」が入ったのですが、これでは同志社大学の宣伝をしたようなものですね。

ところで、私がなぜこんなにかるたに熱心かというと、大石天狗堂《おおいしてんぐどう》というかるた屋さんが「京いろは」を作成したのですが、その解説を担当させてもらったからです。「京いろは」は「江戸いろは」が「犬棒かるた」と称されているのに対抗して、「猫判かるた」と呼ぶ人もいるのですが、それは「ね」のところが「猫に小判」ということわざだから、それを縮めて「猫判」と称しているわけです。

この「猫に小判」というのは、人間にとって大事な小判でも、猫にとってはまったく価値がないという意味です。同様のことわざに「豚に真珠」がありますね。ではこのことわざの出所はどこだか知っていますか。それこそ聖書が出典でした。ですから明治以降に新しくできたことわざということになります。そのためか岩波の「広辞苑」では三版までは掲載されておらず、四版になってようやく掲載されて市民権を獲得しています。

これが聖書のどこにあるかというと、マタイによる福音書第七章の六節に「神聖なものを犬に与えてはならず、また、真珠を豚に投げてはならない」とあります。これこそが「豚に真珠」の原典なのです。これ以前の日本の文献にも中国の文献にも見当たらないので、それで間違いないと思います。「豚に真珠」は日本に昔からあったことわざではなく、明治以降に英語の聖書が日本語に翻訳されたことがきっかけで、そこから日本に広まったことわざだったのです。

「白熊のやうな犬」とは

宮沢賢治は新しもの好きでした。ですから賢治の童話には、マザーグースなどの外国文学の知識がふんだんに用いられており、童話とはいっても、当時の子供たちには到底理解できないようなことが多かったようです。そのため賢治が生きていた頃にはほとんど評価されませんでした。亡くなって何年も経ってから有名になった作品が多いのです。賢治が高く評価されたのは、むしろ近年に至ってからと言った方がいいかもしれません。

ここでは『銀河鉄道の夜』と同じく有名な『注文の多い料理店』を題材にして、賢治の新しもの好きを見てみましょう。この『注文の多い料理店』は、賢治の生前に刊行された数少ない作品の一つですが、その広告チラシの中には、「少女アリスが辿《たど》った鏡の国」という文章があります。これはもちろん『鏡の国のアリス』のことですが、果たしてこの当時どれだけの人がアリスの話を知っていたでしょうか。また『注文の多い料理店』には、西洋レストランらしく「クリーム」（校本宮沢賢治全集11巻33頁）・「サラド」（36頁）・「ナフキン」（同）といった片仮名の外来語が意図的に使われています。そういったものにしても、当時どれだけ一般的だったかわかりません。むしろ当時はかなり珍しい言葉だったのではないでしょうか。

ここではそういった横文字ではなく、「白熊のやうな犬」という一般的と思える表現に注目してみましょう。みなさんは「白熊のやうな犬」とあったら、どんな犬を思い浮かべますか。まず「白」とあるのだから、毛の白い犬でしょうね。もちろん「白」は、昔話「花咲爺」に登場している犬の「白」（ポチは近代的な名）とも通底しており、神の使いのような神聖な存在とも言えます。一方、「熊」は大きな・獰猛《どうもう》なというイメージでしょうか。すると「白熊のやうな」とあるのですから、白くて大きな犬が想像されます。それなら「白い熊のやうな」としてもよかったはずです。この犬は猟犬でしょうから、秋田犬がふさわしいかもしれません。もっと大きい犬となると外来種になります。そのことは犬が突然死んでしまった時、飼い主の二人が、「じつにぼくは、二千四百円の損害だ」「ぼくは二千八百円の損害だ」（校本宮沢賢治全集11巻28頁）と残念がっていることからも察せられます（犬に対する愛情は感じられません）。

さて肝心の「白熊」ですが、今でこそ「白熊」は「ホッキョクグマ」の別称として一般にも知られていますし、京都・岡崎の動物園にも飼われているし、エアコンのテレビコマーシャルでも有名です。しかし『注文の多い料理店』が書かれた頃はどうだったのでしょうか。この作品は大正十年十一月十日に書かれ、二年後の大正十三年十二月に出版されました。その賢治が「白熊」を見られるとしたら、上野動物園が思い浮かびます。彼が動物園を意識していたことは、『月夜のけだもの』という未完の作品の改訂原稿に、「わたくしはそのころ上野の動物園の看守をしてゐました」（校本宮沢賢治全集11巻４６９頁）とあることから察せられます。しかもその中に白熊も登場しているのです。

幸い『上野動物園百年史』によれば、その当時、ドイツの動物商ハーゲンベックから購入した二頭のホッキョクグマがいたことがわかりました。これを賢治が上野の動物園で見た可能性は高いようです。しかしこの話はそれだけでは解決しません。やっかいなことに、当時もう一種別の白熊が動物園にいたからです。それはニホンツキノワグマなのですが、ただのツキノワグマではなくアルビノでした。明治三十二年に新潟県から白いツキノワグマが贈られ、それがなんと昭和七年まで三十三年間も飼育されていたのです。

こういったことを踏まえた上で、当時の人は「白熊のやうな犬」という表現から、どのようなイメージを思い描いていたのでしょうか。『注文の多い料理店』が書かれた当時、上野動物園の白熊は既に有名だったのかもしれません。当然、上野動物園に行ったことのある人なら、そこに二種類の白熊がいることもわかっていたでしょう。それでも日本中の人々がホッキョクグマを普通に見知っていたとは思われません。つまり「白熊のやうな犬」という表現だけでは、到底読者に共通のイメージ（大きさ）を印象付けるのは不可能だったのです。たとえ上野動物園に馴染《なじ》みのある人でも、どちらの白熊のことなのか判断できません。

結局、賢治が「白熊のやうな犬」に込めた意図は不明と言わざるをえないようです。これを含めて賢治の童話は、当時の人の知識や理解を超えたものが少なからず内包されており、だからこそ生前には受け入れられず、近年になってようやく再評価されるに至ったのです。童話だからといって、賢治の作品を甘く見てはいけません。

古典文学と雀

私たちの身近に存在する動物として犬・猫・雀・烏《からす》・鶏などがあげられます。ただあまりにも身近だと、古典文学に取り上げられることは少ないかもしれません。渡り鳥と違い季節感を伴わないことも理由の一つです。また鳴き声が美しいわけでもないので、和歌に詠まれることも少なかったようです。

ただ、この内の「鶏」は別格です。その鳴き声が暁を告げる時計の役目を担っていたことで、男女の後朝《きぬぎぬ》の別れにおいてしばしば詠じられているからです。その役割はわずかながら時鳥《ほととぎす》や鳥（夜鳥）にも与えられており、そのため『万葉集』にも詠まれています。

それに対して「雀」は、歌に詠まれない鳥の典型といえそうです。もともと姿や鳴き声が美しいわけでもありません。当然のことながら『万葉集』や『古今集』などでも歌に詠まれておらず、平安朝においては必ずしもみやびな鳥ではなかったことがわかります。かろうじて子雀の巣立ちを詠んだ「ねやの上に雀の声ぞすだくなる出《い》でたちがたに子やなりぬらむ」（『好忠集《よしただしゅう》』）があるくらいです。勅撰《ちょくせん》集初出は西行の「雪うづむ園の呉竹折れ伏してねぐら求むる群雀《むらすずめ》かな」（『玉葉集《ぎょくようしゅう》』）でした。俳句では一茶の「雀の子そこのけお馬が通る」が有名ですね。

ただし散文にはわずかながら登場しています。調べてみると『蜻蛉日記《かげろうにっき》』に一例、『枕草子』に四例、『源氏物語』に二例見つかりました。みやびな鳥ではないといいましたが、用例があるのはすべて女流文学ですから、女性的な鳥なのかもしれません。というより『枕草子』に「雀の子飼ひ」とあるように、子女がペットとして飼育するのには適していたのでしょう。

『源氏物語』を例にすると、猫は若菜上巻の蹴鞠《けまり》場面で女三の宮の御簾《みす》を開ける役として効果的に用いられています。また「ねう」という鳴き声が「寝む」に通じることで、ややエロチックな用いられ方をしています。それもあって猫は、都、しかも宮中で登場しているのですが、実はただの猫ではなく、唐猫《からねこ》つまり輸入された猫でした。本来、猫の役目はネズミを捕ることでしたが、唐猫は舶来の高級品ということで、貴族にペットとして飼われていました。『枕草子』にも命婦《みょうぶ》という猫が登場していますが、全体として用例は決して多くはありません。

それに対して犬は、宇治十帖《うじじゅうじょう》に夜間の鳴き声だけが描写されていますが、実体は登場していません。本来、猟犬・番犬として有用なのですが、かえって貴族の生活とはかけ離れているからでしょう。『枕草子』の翁丸《おきなまろ》も扱いが低かったですね。

さて、雀と烏は若紫巻のいわゆる北山の垣間見《かいまみ》場面に一緒に登場していますが、やはり会話の中だけで実体は伴いません。しかも場所は北山であって、都から離れた郊外での話です。宇治の犬の鳴き声にしても、北山の雀と烏にしても、猫と違って都の中の例ではないということになります。ですからそれがいかに特殊であるか、いかに文学に馴染まないものかが納得されます。

では質問です。雀という名前の語源はご存じですか。「すず」は「ちゅんちゅん」という鳴き声で、「め」は鳥の総称と説明されています。要するに「ちゅんちゅん鳴く鳥」という特徴がそのまま名前になっているわけです。

「め」については、他に「つばめ（つばくらめ）」「かもめ」もあげられていますが、絶対数が少ないのが気になります。同じく「す」も鳥の総称とされており、こちらには「からす」「きぎす（雉）」「ほととぎす」「うぐいす」「かけす」が例示されています。烏は「かあかあ鳴く鳥」ということなのでしょう。

昔話では「舌きり雀」などでお馴染みですし、「竹に雀」「笹に雀」は紋所としても定着しています。それでも平安貴族の文学では、姿や声が美的でなかったこと、季節に関わらない身近な存在であったことにより、ほとんど顧みられていません。貴族文学は平凡な日常生活を描かず、必要なことだけ描いているからです。

都鳥幻想

『伊勢物語』第九段は東下《あずまくだ》り章段といわれる有名なお話です。その最後（三番目）の話に「都鳥」が登場しています。昔男の一行は、隅田川を渡る途中で見慣れぬ鳥を見つけました。その時の第一印象として「京には見えぬ鳥」とあります。だからこそ同じく見知っていないであろう京都の読者に対して、「白き鳥の嘴《はし》と脚と赤き、鴫《しぎ》の大きさなる」と具体的に鳥の大きさや色を詳しく説明しているのです。

そこで昔男が地元（田舎）の渡し守（船頭）に鳥の名を尋ねたところ、「これなむ都鳥」という答えが返ってきました。このぶっきらぼうな物言いは、その裏に「都鳥もしらない田舎者め」という侮蔑《ぶべつ》の気持、あるいは誇らしげな気持が感じられます。京都から来た昔男一行が知らないのに、言い換えれば都にいない鳥なのに、「都鳥」という名を持つ鳥が東国（田舎）にいるというのですから、なんだか奇妙なことですね。あるいはかつて京都から流れてきた人が、都を懐かしんでそう命名したのかもしれません。だからこそその名を耳にすることで、望京の思いが誘発されるのではないでしょうか。

昔男は自ら京を捨てて東下りに出立した（反貴族的行動）にもかかわらず、鳥の名に触発されて思わず、

名にし負はばいざこと問はむ都鳥わが思ふ人はありやなしやと

という歌を詠みあげてしまいます。その歌はもちろん「都鳥」には通じません。心を揺さぶられるのは、昔男と同じ境遇にいる友人たちです。その結果、「舟こぞりて泣きにけり」という状況になりました。ただしそこに船頭が含まれるかどうかは微妙です。ここでの涙は共感の証《あか》しだからです。結局、昔男の旅は、京都以外では住めないことを確認するための、後ろ向きの旅でしかなかったことがわかります。

ここで重要な役割を果たしているのが「都鳥」ですね。なるほどかつては京都では見かけない鳥でした。ところが異常気象のせいか、一九七四年以降、琵琶湖《びわこ》から鴨川に飛来するようになりました。最近では餌付《えづ》けされ、むしろ京都の風物詩になっているようなありさまです。それはやむをえないのかもしれませんが、『伊勢物語』を愛好する者としては、

いつまでも「京には見えぬ鳥」であってほしい、そして私がそうしたように、わざわざ上京して隅田川のほとりで「都鳥」を見てほしいと願っています。古典読解にはそういった手続きも必要なのです。

ところで、この「都鳥」はチドリ目カモメ科カモメ属の「ゆりかもめ」で、カモメ属の中では比較的小さい方です。本来は冬にカムチャツカから渡ってくる鳥とされています。夏毛になると頭部が黒くなるので、『伊勢物語』の都鳥は北に帰る（夏毛になる）前の時期かと思われます。これで何の問題もなさそうですが、江戸時代の貝原益軒《かいばらえきけん》が『大和本草《やまとほんぞう》』の中に、『伊勢物語』の「都鳥」はチドリ目ミヤコドリ科の都鳥だと書いたことから、都鳥論争が生じてしまいました。なんと江戸時代には都鳥という名の鳥が他に存在していたのです。もっともミヤコドリ科の都鳥は頭部や背中が黒いので、『伊勢物語』の記述にあてはまりそうもありません。ということで、現在はほぼ「ゆりかもめ」のこととされているのです。

ついでながら古代において、「都鳥」はあまり文学には登場していません。京都にいない鳥ですから当然ですよね。だからこそ誤解も生じたのでしょう。古くは『万葉集』に大伴家持《おおともものやかもち》が、

　舟ぎほふ堀江の川の水際に来居つつ鳴くは都鳥かも（四四六二番）

という歌を残しています。これが「都鳥」の初出例です。これは難波《なにわ》（大阪）の堀江で詠まれたものです。この歌には「鳴く」とあるだけで、色も形も大きさもわかりません。この歌を根拠に、家持の歌はミヤコドリ科の都鳥と見る説もあります。ただし謡曲「隅田川」では、『伊勢物語』と『万葉集』が巧みに融合されることで、ともに「ゆりかもめ」のこととされています。

なお『うつほ物語』吹上上巻では、紀伊国《きいのくに》（和歌山県）の吹上の浜で都鳥と千鳥を題材にした唱和が行われています。また「都鳥遠き声聞こゆ」ともあり、鳴き声が話題にされています。これなど『伊勢物語』からの引用というより、『万葉集』からの引用と見るべきでしょう。というのも、難波はかつて都があったところなので、都鳥は都にいる鳥と解釈できるからです。『うつほ物語』も都人を都鳥にたとえており、明らかに『伊勢物語』の扱いとは異質でした。『源氏物語』手習巻にも「昔見し都鳥に似たることなし」とありますが、これも都人をたとえたものです。こうしてみると、都鳥は二通りの扱われ方をしているようですね。『伊勢物語』はむしろ特異だったのです。

「七つの子」の謎

カラスの子育てと人間の子育てが二重写しになってしまう童謡「七つの子」はご存じで

すよね。これは「金の船」という児童文学雑誌の大正十年七月号に掲載されたもので、作詞は野口雨情、作曲は本居長世《もとおりながよ》です。この歌は子供の質問に親（母親）が答える対話形式になっており、それが童謡らしさを醸し出しています。

この歌が有名になったきっかけとして、映画化された『二十四の瞳』の中で歌われたことがあげられています。『二十四の瞳』の人気とともに「七つの子」も知名度をアップしたというわけです。さて曲名にも歌詞の中にも「七つの子」とありますが、みなさんはこれをどのように理解していますか。「金の船」の挿絵には七羽の雛《ひな》が描かれており、少なくとも挿絵画家はこれを七羽の子と理解したことがわかります。当然その挿絵を見た読者も視覚的にそう受け取ったに違いありません。

私事で恐縮ですが、私の大学時代の指導教授（臼田甚五郎《うすだじんごろう》先生）にはお子さんが七人いらっしゃったので、宴会の最後には必ず「七つの子」をみんなで歌いました。その記憶があるので、私も七羽で何の問題もないと思っていたのです。

ところが鳥類学者である清棲幸保《きよすゆきやす》博士は、生物学的にカラスは一度に七個も卵を産まないし育てない。多くても四個程度だとこの歌詞に疑問を投げかけられました。それに対して児童文学者の藤田圭雄《ふじたたまお》氏は、「七つ」というのは実数ではなく、たくさんという意味だと反駁《はんばく》しています。

またこれを「七歳」ととる説について、清棲博士は七年も生きたらカラスはとっくに成鳥になっているから、これもおかしいと批判されています（そもそもカラスの寿命は十年程度だそうです）。

これに対して言語学者の金田一春彦博士は、「七歳」というのは人間の子供の年齢を指しており（擬人化）、そこから同じような年恰好《としかっこう》のカラスの子供を連想させているのだと説いています（『金田一先生が語る日本語のこころ』学研）。これで「七つの子」に対する疑問はクリアーできたのでしょうか。

肝心の野口雨情は、これに先立って「山烏」という詩を明治四十年に詩集『朝花夜花』に発表しているのですが、そこに既に、

烏なぜなく　烏は山に　可愛い七つの子があれば

とありました。また「七つの子」の解釈についても、『野口雨情回想』（筑波書林）に、

七羽でも七歳でも歌ってくださる方がなっとくされりゃ、それでよござんしょ。


とあって、本人はまったく拘泥《こうでい》していません（答えにもなっていません）。

ところが「七つの子」には、もう一つクリアーできそうもない問題が存していました。それは「山の古巣」の「古巣」です。七歳でも七羽でも子育てしているカラスは、比較的若い親ではないでしょうか。その家族の住処《すみか》を「古巣」と称するのはおかしいという声が

あがったのです。

という以上に「古巣」というのは、かつて子育てした巣であり、現在は雛のいない（住んでいない）巣を意味します。そうなると雨情があえて「古巣」という表現を使ったことの意図が読み取れないのです。なおこの件に関して、鳥類学者は何もコメントしていません。いずれにしても七羽か七歳かというのは大きな違いですね。

夕方鳴くのは「からす」か「かえる」か？

みなさんは「か〇〇が鳴くから帰ろ」というフレーズの「か〇〇」に何が入ると思いますか。年配の方だったら、そこに当たり前のように「かえる」を入れる人が多いかと思います。ところが若い人になると、「からす」を入れる人が圧倒的に多いとのことです。かつて放送文化研究所がインターネットでアンケートをとってみたところ、なんと回答者の六割が「からす」と答えたそうです。そこにはゼネレーションギャップがありそうですね。

なお、若い人が「からす」と答えた理由の一つは、有名な「夕焼け小焼け」という歌に、「からすと一緒に帰りましょう」とあることだそうです。若い人はこのフレーズ（からす・帰る）が頭にあって、「からす」と答えるというわけです。また「かえる」は冬眠するので、冬にはいないという意見（屁理屈《へりくつ》）もありました。そういわれたらそうですよね。

さてみなさんは「かえる」派ですか「からす」派ですか。

ここでもう少し深く考えてみましょう。童謡「夕焼け小焼け」では「からすと一緒に帰りましょう」とはあっても、決して「からすが鳴くから帰ろ」とはありません。この点というか、この相違についてはいかがでしょうか。これくらいは許容範囲なのでしょうか。では視点を変えてみましょう。というのも、かつて「かえるが鳴くから帰ろ」という歌が確かに存在していたからです。それが最近歌われなくなったことが、「からす」を選択する（間違いを誘発する）最大の原因のように思えます。

正解に辿りつくためには、大正時代まで遡《さかのぼ》らなければなりません。まず大正十四年に、北原白秋作詞・山田耕筰作曲の「かえろかえろと」という曲が発表されています。ご存じですか。その末尾の歌詞が、まさに「かえろが鳴くからかえろ」だったのです。ただ、この歌では「かえる」ではなく「かえろ」になっていますね。それは方言でもあり、かえると帰ろの語呂《ごろ》合わせ（言語遊戯）でもあるようです。

この「かえろ」と「かえる」のわずかな違いが気になる方には、もう少し古い例をあげてみましょう。それは大正二年に発表された吉丸一昌《よしまるかずまさ》作詞の「木がくれの歌」です。タイトルからは想像もできませんが、この歌の末尾もちゃんと「かえるが鳴くからかえろ」となっています。これなら問題ありませんね。

つまり、大正期の唱歌を知っている人（歌った経験のある人）は、当たり前のように

「かえるが鳴くから帰ろ」と答えることになります。ただ現在では、明治どころか大正も遠くなったことで、若い人はこの歌に馴染みがなく、だからこそ知っている「夕焼け小焼け」に依拠しようとするわけです。

若い人にとっては、「かえる」よりも「夕焼け小焼け」の「からす」の方が馴染みがあるので、多少歌詞は違っていても、「からすが鳴くから帰ろ」の方が断然支持されたのでしょう。そういえば、かえるが生息するような場所も、都会からはほとんど消えてしまいました。一方のからすは、都会でもたくましく生き残っています。こういった日常の比較からしても、「からす」が「かえる」を凌駕《りようが》しているので、誤答が大半を占めてもやむをえないのかもしれません。

もう一つ、かえるが鳴くと雨が降ると信じられています。ですから「かえるが鳴くから帰ろ」は、雨が降るまえに帰宅する意味だと深読みしている人もいるようです。さて、みなさんはいかがですか。

蜘蛛の文学史

質問です。みなさんは蜘蛛《くも》を昆虫だと思っていませんか。でも足の本数が違いますよね。普通、昆虫の足は六本ですが、蜘蛛は八本ですから節足動物の仲間です。さすがに昔の人

はちゃんと足の数に目を付けていたようで、『伊勢物語』九段では、

そこを八橋といひけるは、水ゆく川の蜘蛛手なれば、橋を八つ渡せるによりてなむ、八橋といひける。

と「蜘蛛手（八本）」の例が出ています。夏目《なつめ》漱石《そうせき》の『倫敦塔《ろんどんとう》』にも「この広い倫敦を蜘蛛手十字に往来する汽車も馬車も電気鉄道も鋼条鉄道も」云々《うんぬん》とあります。

面白いことに、古代の人は蜘蛛のことを、同じく八本足の蟹《かに》と同類と見たのか、「ささ蟹」とも称していました。この場合の「ささ」は「笹」でも「細」でもなく「泥」蟹の意味とされています。そこから謡曲の「土蜘蛛」へとつながるわけです。見た目も決して美しくない「蜘蛛」ですが、和歌には『日本書紀』から詠まれています。その同じ歌が『古今集』墨滅歌《ぼくめつか》にも、

我が背子が来べき宵なりささがにの蜘蛛の振る舞ひかねてしるしも（一一一〇番）

と出ていました。この場合の「ささがにの」は「蜘蛛」にかかる枕詞《まくらことば》になっています。この歌には、「衣通姫《そとおりひめ》のひとりゐて帝をこひ奉りて」という詞書《ことばがき》が付いています。衣通姫は愛する允恭《いんぎょう》天皇のお越しを、夕方の蜘蛛の巣作りによって察知（期待）したわけです。これは、蜘蛛の巣作りは待ち人が来る前兆とする中国由来の俗信から生じたものです。ただ

し和歌における用例を見ると、必ずしも待ち人が訪れるのではなく、逆に来ない男を待ち続けるパターンが多いようです。

　また蜘蛛は、糸を出すことでも知られています。そして「蜘蛛の糸」といえば、芥川《あくたがわ》龍之介《りゅうのすけ》の短編が有名ですね。その「蜘蛛の糸」には、日本の古典ではなく外国文学に出典がありました。ご存じでしたか。芥川の作品は一九一八年に「赤い鳥」に発表されました。それ以前の成立ということで探すと、ドストエフスキー著『カラマーゾフの兄弟』（一八八〇年）に収められている「一本の葱《ねぎ》」、ポール・ケーラス著『カルマ』（一八九四年）にある「The Spider-web」、セルマ・ラーゲルレーヴ著『キリスト伝説集』（一九〇五年）所収の「わが主とペトロ聖者」の三つが浮上します。

「衣通姫」(『日本偉人百首かるた』)

　中でもアメリカの宗教学者であるポール・ケーラスが書いた『カルマ（因縁）』は、鈴木大拙によって翻訳され、一八九八年に『因果の小車』というタイトルで出版されています。「The Spider-web」はそのまま「蜘蛛の糸」と訳されているし、登場人物のカンダタまで一致しているのですから、芥川の出典は鈴木大拙が翻訳した『因果の小車』でよさそうです。もともと芥川は古典を素材にして自らの小説に再構築することが多いのですから、「蜘蛛の糸」もそれに近いものだったわけです。

なお「蜘蛛の子を散らすよう」ということわざがありますね。蜘蛛の子は、孵化《ふか》した後も脱皮するまで卵嚢《らんのう》に留《とど》まります。それを「団居《まどい》」と呼んでいます。その後、子蜘蛛たちは分散するわけですが、空中に長く糸を出して、風に乗って遠くまで飛んでいきます。それをバルーニングと称するそうです。東北地方に見られる秋の雪迎えや春の雪送りも、この飛行蜘蛛の糸が正体でした。なんとシェークスピアの「ロミオとジュリエット」や「リア王」にもゴッサマー（飛行蜘蛛）が出てきます。文学と蜘蛛には、かくも深い関わりがあったのです。

蜘蛛の巣は物の怪の象徴！

もう一つ、「蜘蛛の巣」に関連する話があります。それは『あさきゆめみし』における物の怪《け》の衣装に描かれたものでした。

『あさきゆめみし』は、大和和紀《やまとわき》が手掛けた源氏物語の長編マンガです。絵の美しさと内容の面白さが相俟《ま》って、多くの読者に親しまれています。そういった読者の中には、安易に源氏物語のあらすじを知ろうとして読む人もいるようです。しかし『あさきゆめみし』は、必ずしも源氏物語のマンガ訳にはなっていません。『あさきゆめみし』は、それ自体が作品として傑作なのです。むしろ私たち研究者は、源氏物語と比較してその違いを発見して楽しんでいます。

私が最も感心したのは、六条御息所《ろくじょうのみやすんどころ》の物の怪（生霊《いきりょう》）の描き方でした。絵で描こうとすると、どうしても生身の御息所と物の怪になっている御息所を描き分けなければなりません。かつて江戸時代の絵入り版本では、御息所の髪の毛を逆立てることによって、物の怪状態であることを視覚的に読者に訴えました。これもなかなかうまいアイデアですね。

別の現代マンガでは、御息所の目を白目にすることで、通常とは違うことをわからせようとしていました。では大和和紀はというと、そういった小細工ではなく、着ている衣装に蜘蛛の巣の文様を描くことで、いとも簡単に物の怪であることを示すことに成功しています。ただしこのアイデアは必ずしも大和和紀の独創ではなく、日本画家・上村松園《うえむらしょうえん》の「焰《ほのお》」という絵からヒントを得たと思われます。

松園の絵も、六条御息所というか謡曲「葵上《あおいのうえ》」をモデルにして描かれたものです。見返り気味の女性が自分の髪の毛を口で嚙んでおり、嫉妬《しっと》に狂った女性の姿が恐いほど見事に描かれています。加えてその女性の衣装には、清楚《せいそ》な藤の花に蜘蛛の巣が絡んでいるではありませんか。大和和紀はこの松園の蜘蛛の巣を見て思いついたに違いありません。

ついでながら大和和紀は、その蜘蛛の巣の効果を、もう一度だけ別の場面で活用しています。お気づきでしょうか。女三の宮と密通した柏木《かしわぎ》を前に、痛烈な嫌みをいい、酒を無理強いしている光源氏の衣装に、なんと蜘蛛の巣の文様が描かれていたのです（もちろん原文にはありません）。この時、光源氏は物の怪ではありませんが、尋常な精神状態ではなかったことを蜘蛛の巣文様によって示したのでしょう。これこそ大和和紀の独創と言えます。そういった大和和紀の細心の心配りを、『あさきゆめみし』の読者はどれだけマンガから読み取れているでしょうか。

話はここで終わりません。その『あさきゆめみし』が、宝塚歌劇団で舞台化されたからです。それまで宝塚に何の興味もなかった私ですが、こと源氏物語となれば俄然《がぜん》興味が湧き、二〇〇七年の公演（再演）を観劇に行きました。お目当ての御息所の物の怪出現場面はというと、突然専科の役者が後ろ向きになり、両手を水平に伸ばしました。するとその緑色の衣装には、銀色で蜘蛛の巣が一面に描かれていたのです。私はそれを見て大喜びし、思わずやったと叫びたくなりました。残念なことに周囲の人たちは冷静で、ほとんど何の反応も示していませんでした。宝塚のファンは必ずしも源氏物語のファンではなかったようです。

しかし少なくとも宝塚の脚本家は、『あさきゆめみし』の蜘蛛の巣文様の意図を見抜いて、それを舞台効果に使ったのでしょう。この蜘蛛の巣の衣装だけで、私の中で宝塚のすべてがプラス評価に変わってしまいました。宝塚もなかなかやるじゃないか。

和泉式部と「鰯」、あるいは紫式部と「鰯」

鰯《いわし》は昔から庶民の食べる安価な魚で、平安朝の貴族が口にするのは卑しいとされていました。ところが紫式部は大の鰯好きで、夫宣孝《のぶたか》に見つからないようにこっそりと隠れて食べていたとのことです。実はこの話、もとは紫式部ではなく、和泉式部の鰯好きとして語られていました。それは『猿源氏草紙』という御伽草子《おとぎぞうし》に出ています。和泉式部は鰯が大好物で、夫保昌《やすまさ》の留守中に焼いて食べていました。

ある日のこと、夫が出かけたので、いつものように鰯を焼いて食べていたところ、突然夫が戻ってきました。慌てて隠しましたが、帰宅した夫は部屋中に焼いた鰯の匂いがしていたことから、和泉式部が鰯を食べたことを見抜きます。そして、卑しい魚がお好きですねと冷やかしました。すると和泉式部は即座に、

日のもとにはやらせたまふ石清水《いわしみず》まゐらぬ人はあらじとぞ思ふ

と歌で反撃しました。この歌は『八幡愚童訓《はちまんぐどうくん》』にある、

日の本にいはは れたまふ石清水まゐらぬ人はあらじとぞ思ふ

を利用したもので、決して和泉式部のオリジナルではありません。しかしながら「石清水八幡」に「鰯」を掛け、さらに「参る」に参拝する意味と食べる意味を掛け、それを食べるのは当然だと切り返している点、見事としか言いようがありませんね。だからこそ和泉式部にふさわしいのです。これにはさすがに夫の保昌もたじたじとなり、歌を返すこともできません。そこで和泉式部の肌が潤ってきれいなのは、鰯を食べているからだとお世辞をいいます。この一件以後、和泉式部は堂々と鰯を食べることができるようになったということです。

今でこそ鰯は栄養豊富で、しかも肌にいいDHAやEPAなどの不飽和脂肪酸（オメガ3脂肪酸）が含まれていることがわかっていますが、なんと和泉式部はそれを食べることで、つるつるのお肌を保っていたというのです（若さを保つ妙薬！）。美人で歌の上手な和泉式部ならではの逸話ですね。

この話がいつの頃か、同じ「式部」つながりで紫式部と入れ替わりました。広く流通している百人一首版本の頭書に、

紫式部は、一条院の后妃上東門院につかへし宮女にして、和歌の道くらからず。或時、

夫の宣孝外へ出でたる隙に、鰯と云魚を喰けるを、宣孝内へ帰り、是を見て、卑しき物を喰給ふよし笑ひける。式部とりあへず、

日の本にはやらせ給ふ岩清水まゐらぬ人はあらじとぞおもふ

かく詠じければ、夫結句ことばを恥られけるとなり。

とあります。内容的にはほとんど同じですね。これがなぜ和泉式部から紫式部になったのかわかりませんが、おそらく「式部」が共通していたこと、そして鰯の別称が「むらさき」だからではないでしょうか。

ご承知のように鰯は、女房詞で「むらさき」とか「おむら」と称されています。要するに鰯がなぜ「むらさき」と称されるようになったのかという起源譚《たん》として、和泉式部よりも紫式部の好物だったからという方がふさわしかったわけです。ただし紫式部は美人ではなかったようですし、肌がつるつるだったという話も聞いたことがありません。

童謡「赤とんぼ」のノスタルジー

三木露風《みきろふう》作詞・山田耕筰作曲の「赤とんぼ」は、日本を代表する童謡ということで、二〇〇七年には「日本の歌百選」に撰《えら》ばれています。発表されたのは大正十年八月で、「樫

の実」という月刊雑誌に掲載されています。しかしながらそれは、題名も歌詞も現在のものとは少し違っていました。

赤蜻蛉《あかとんぼ》

一　夕焼、小焼の、山の空、負はれて見たのは、まぼろしか。
二　山の畑の、桑の実を、小籠《こかご》に摘んだは、いつの日か。
三　十五で、ねえやは嫁に行き、お里のたよりも絶えはてた。
四　夕やけ、こやけの、赤とんぼ、とまつてゐるよ、竿《さお》の先。

これに対して改訂された（「小鳥の友」所収の）歌詞は、

赤とんぼ

一　夕焼、小焼の、あかとんぼ、負はれて見たのは、いつの日か。
二　山の畑の、桑の実を、小籠に、つんだは、まぼろしか。
三　十五で、姐《ねえ》やは嫁にゆき、お里の、たよりも、たえはてた。
四　夕やけ、小やけの、赤とんぼ、とまつてゐるよ、竿の先。

となっています（家森長治郎「童謡『赤とんぼ』考」奈良教育大学国文　研究と教育4　参照）。まず題名が漢字表記だったことがあげられます。次に一番の「山の空」が「あかとんぼ」

に変わっています。また一番と二番の末尾が入れ替わっていますね。四番の「赤とんぼとまつてゐるよ竿の先」など、これ以前に露風が作った俳句の一つでした。

　この歌詞に山田耕筰が曲を付けたのは昭和二年のことです。なおこのメロディの前半部に関して、シューマン作曲の「序奏と協奏的アレグロニ短調」の中のフレーズに酷似していることが指摘されています。言われてみればなるほど似ていました。

　ところでこの曲は、昭和三十六年に映画「夕やけ小やけの赤とんぼ」で挿入歌として用いられます。また昭和四十年にはＮＨＫの「みんなのうた」に取り上げられたことで、日本中で愛唱されるようになりました。

　歌詞については作詞家の三木露風が、自身の幼児体験を思い浮かべながら作ったと証言しています。その頃露風は北海道のトラピスト修道院で働いていました。ちょうど郷里（兵庫県揖西《いつさい》郡龍野《たつの》町）の小学校の校歌の作詞を頼まれていたようで、そこから連想が働いたのでしょう。調べてみると小さい頃に両親が離婚し、露風は祖父の家で育てられたことがわかりました。北海道へ行ったのはどうやら母を追いかけてのことだったようです。

　歌詞を見ると七五調ならぬ八五調になっていることがわかります。一番の「小焼」は北原白秋による造語とされています。語調を整えるためのもので、中村雨紅《うこう》作詞の「夕焼け小焼け」という歌にも使われています。これを朝焼けに応用したのが金子みすゞで、「朝焼け小焼けだ」（大漁）としています。類似したものに「大寒《おおさむ》小寒《こさむ》」や「仲よし小よし」

もあります。

続く「負はれて見た」を「追われて」（追いかけられて）と勘違いしている人もいるようですが、これは子守に負んぶされて見たということです。その子守が三番に登場している「姐や」です。これを自分の姉さんと思っている人もいるようですが、露風に姉はいません。これは子守として雇われていた「姐や」（少女）のことで間違いないようです。

十五というのは、露風が十五歳になった時ではなく、姐やが十五歳でという意味です。ちょっと早い気もしますね。それよりも難解なのは、その後の「お里」の意味です。これを実家と考えると、誰の実家なのでしょうか。普通は姐やの実家と見ているようです。姐やが嫁に行ったので、実家との連絡も途絶えたというわけです。どうせなら「お里」を姐やの名前としたいところですが、いかがでしょうか。

さて「赤とんぼ」の歌詞を一番から四番まで詳しく見ていると、四番だけが現在形になっており、一番から三番までは過去形になっていることに気付きます。順序が逆ですが、ここから類推されるのは、大人になった露風（作詞当時三十二歳）が、竿の先にとまっている赤とんぼをふと見て、そこから自分の幼い頃を回想しているのではないかということになりそうです。

懐かしい姐や、私をおんぶしてくれた姐や。十五で嫁に行った後、消息はわからなくなったが、今も幸せに暮らしているだろうか。夕暮れの中、露風はノスタルジーに浸りながら、「赤とんぼ」を作詞したのでしょう。

すばるからの連想

みなさんは「すばる」という言葉から何を連想しますか。おうし座にあるプレアデス星団（M四五）の星々でしょうか。星好きの人はハワイ島にあるすばる望遠鏡かもしれません。宮沢賢治ファンの人なら、彼の詩集『春と修羅』にある「昴《すばる》」をあげることでしょう。あるいは大ヒットした谷村新司の「昴」という曲でしょうか。

それ以外に明治時代の文芸雑誌があるし、すばる文学賞もあります。かつて国鉄時代には東京—大阪間の夜行急行の名称にも用いられていました。京都には府立京都すばる高等学校もあります。その他、焼酎《しょうちゅう》の銘柄もあるし、浅田次郎作の『蒼穹《そうきゅう》の昴』や曽田正人《そだまさひと》のマンガも有名ですね。

私は幼い頃の思い出として、富士重工の「スバル３６０」（愛称てんとう虫）という軽自動車のことが頭に浮かびます。その頃は、「スバル」というカタカナ表記から、外国語だろうと思っていました。後でそれが日本語というか古語だと知って驚いた経験があります（バラも同様です）。

古典で一番古い「すばる」の例は、『古事記』の「いほつみすまるのたま」です。『万葉集』にも「すまるのたま」が出ています。有名なのは、『枕草子』の「星はすばる」（二三六段）でしょう。当時もかなり知名度があったらしく、『倭名類聚抄』という古い辞書の「昴星」項には、「和名須波流六星」と説明されています。

もちろん漢字の「昴（ぼう）」は中国の星座の名称です（二十八宿の一つ）。それが日本に伝来して「すばる」という訓読語ができたわけですが、面白いことに中国と日本では星の数に違いが生じています。もともと「すばる」には「統ばる・統べる」という字が用いられており、その意味は一括《ひとくく》りにする、まとめるということでした。記紀神話に見られた「いほつみすまるのたま」を起源と考える説もありますが、この例は星とは無縁なのでここでは触れないことにします。

ではここで質問です。みなさんは空に輝く「すばる」を見て、星がいくつ見えますか。その答えは大きく六つ派と七つ派に分かれています。本当はもっと多くの星が寄り集まっているのですが、肉眼ではなかなか判別できません。日本では古くから「六連星《むつらぼし》」と称されていることから、六つと認識されていたことがわかります。

ところが八世紀に書かれたとされる『丹後国風土記《たんごのくにふどき》』逸文には、「其七豎子者昴星也」とあって、どうやら中国では七つと認識されていたようなのです。これは西洋も同様で、ギリシャ神話ではプレアデス七人姉妹となっており、七つだったことがわかります。だからこそ「セブンシスターズ」と称されているのです。なお目のいい人は、肉眼で二十個以上見分けられたそうです。ひょっとすると日本人は、中国人や西洋人よりも近眼だったのかもしれませんね。

そういえば私の記憶では、「スバル360」には六つの星のマークが付いていました。調べてみると、たまたま中島飛行機系列の五社が結集して、富士重工業という大きな企業を設立したことによるものでした（現在はSUBARU）。ただし星の大きさが違います。小さな五つの星が五社で、一つだけ大きな星があるのが富士重工業を表しているとのことです。スバル360、もう一度乗ってみたくなりました。

「案山子」は「かがし」？

みなさんは「案山子」を読めますか。正解は「かかし」ですか？「かがし」ですか？昔はちょっとした田畑でよく案山子を見かけましたが、最近はほとんど見なくなったので、もはや死語化しているといっても過言ではありません。

ついでながら、小さい頃「案山子」という文部省唱歌をよく歌った記憶があります。

一　山田の中の一本足の案山子　天気のよいのに蓑笠《みのかさ》着けて
　朝から晩までただ立ちどおし　歩けないのか山田の案山子

二　山田の中の一歩足の案山子　弓矢で威《おど》して力んで居れど
山では烏がかあかと笑う　耳が無いのか山田の案山子

案山子は人間ではありませんが、ここでは比喩的にとらえられ、歌詞の中に「歩けないのか」とか「耳が無いのか」といった差別語に近い表現が含まれています。それもあって、最近は教科書に採用されなくなっているようです。

もともと案山子は農作物を動物の被害から守るための工夫ですが、それには①人間に似せた人形を立てる、②動物の嫌がる異臭を放つ、③鹿威《ししおど》しで音を立てるといった方法が考えられました。一般には①のことと見られているようですが、どうも混同されているように思えます。

「かかし」は、古くは濁音の「かがし」で、語源としては「嗅《か》ぐ」の再活用「嗅がし」だといわれています。『日本の唱歌（上）明治篇』（講談社文庫）の解説には、

もともと髪の毛を焼くなどして畑に悪臭を放つものを置き、野獣どもにその匂いをかがせて、作物を守るというところから来ているので、「カガシ」と濁るのが正しい言い方で、日本各地ではそう言っていた。たまたま案山子なるものにあまり縁がない東京人が、正しい言い方を知らず、「カカシ」と言った、それをこの唱歌で採用してし

　まったので、「カカシ」という言い方のほうが標準語になってしまった。（316頁）

とあります。面白いですね。それとは別に、音を出して動物を驚かせることもありました。鳴子もその一つですが、もっと大きな音を出したのが「ししおどし」でした。これはおどす相手が雀などの小動物ではなく、鹿や猪などなので「鹿驚《かがし》」となります。

　もっとも一般的なのが人に似せた人形です。最初は人間ではなく田の神様に似せたものだったようです。古く案山子の同義語として「山田のそほづ」という言葉もありました。これは『古今集』や『後撰集』にも用例が認められます。さらに『古事記』にも「山田のそほど」と出ています。これは神の一種（田の神様）と考えられていたようです。そうなると歴史的には「そほづ」から「かがし」へと変遷したことになります。

　その後、信仰心が希薄になったこともあって、人に似せたものと認識されるようになりました。しかも作りは大雑把で、顔など「へのへのもへじ」で済ませていたようです。室町時代の『日葡《にっぽ》辞書』には「かがし」として、「猪や鹿をおどす為に畑に立てる案山子」と説明されています。

　江戸時代の『物類称呼《ぶつるいしょうこ》』になると、「関西より北越辺かがしという。関東にてかかしとすみていふ」とあり、関西は「かがし」関東は「かかし」と清濁が異なっていたようです。それが関東風の清音に統一されていったのでしょう。ただし横浜に住んだヘボンの編纂した『和英語林集成』（慶応三年）には「Kagashi」とあるので、清音に統一されるのは明治以降になりそうです。

撃退される動物側にしても、すぐに慣れてしまうようで、案山子の効き目は持続しませんでした。既に唱歌の中でも烏に馬鹿にされており、案山子の撃退効果はあまり期待できそうにもありません。これは人間と動物の「いたちごっこ」だったようです。

こうしてみると、最初は濁音の「かがし」だったのが、人形の案山子に定着したことで、いつしか関東風に「かかし」と清音に変化していったようです。こうなると、かつての匂い（嗅がし）のことなどは想像することもできませんね。

落語「鼓が滝」

「鼓《つつみ》が滝」という落語をご存じでしょうか。これは講談でも語られている有名なネタです。主役は和歌の名手とされている西行ですが、面白いことにこれを含めてその西行がぎゃふんとやりこめられる逸話がいくつも伝わっています。たとえば「西行戻り橋」は、蕨《わらび》を取っていた童に「蕨（わら火）で手を焼くな」と言ってからかったところ、すぐに檜《ひのき》（火の木）の笠で頭を焼くなと言い返され、そのまま道を後戻りしたというものです。

これは相手が西行だからこそ面白いのでしょう。「鼓が滝」もその類の話です。この名称は、流れ落ちる滝の水が鼓のように聞こえることから命名されたようです（「鳴滝」も同様）。面白いことに、その場所として現在二ヶ所が想定されています。一つは川西市の下滝公園で、近くの能勢《のせ》電鉄の鼓滝《つづみがたき》駅に名を留めています。ただし滝そのものは現存しておらず、歌碑が建立されているだけです。もう一つは神戸市北区有馬町にある鼓が滝で、こちらは今も滝が流れています。このどちらが正しいのかはわかりません。もともと鼓のように聞こえればどの滝でもいいのですから、固有名詞（歌枕）ではありません。普通名詞なので複数存在してもかまわないわけです。

話の内容は以下のようなものです。名所の滝にやってきた西行は、お定まりのように歌を詠みます。

伝へ聞く鼓が滝に来てみれば沢辺に咲きしたんぽぽの花

初句が「はるばると」あるいは「津の国の」となっているものもあります。いずれにしても我ながらいい歌が詠めたと思っていると、あたりが急に暗くなります。慌てて近くの民家に宿を借りますが、そこにいた翁・婆・孫娘の三人に自詠の歌を披露したところ、まず翁がいい歌だが一ヶ所だけ直した方がいいということで、初句の「伝へ聞く」を聴覚的に「音に聞く」に直されます。次に婆が私も直したいところがあるといって、三句目の「来てみれば」を鼓に縁のある「うち（打ち）みれば」に直します。最後に孫娘が、私も直したいところがあるといって、四句目の「沢辺」をやはり鼓に縁のある「川（皮）辺」に直します。これにはさすがの西行もぎゃふんと言わざるをえません。そこではっと目が覚めるのですが、翁・婆・孫娘の三人は、西行の慢心・増長を諌《いさ》めるために和歌三神が姿を変えて現れたものでした。それから西行は心を入れ替え、謙虚に歌道の修業に励んで偉大な歌人になったということです。

なお五句目の「たんぽぽの花」も、孫娘が「白百合の花」に改め、

音に聞く鼓が滝をうちみれば川辺に咲くや白百合の花

にしたという説があります。「たんぽぽ」は歌語ではなく、実用的な植物（薬草・食用）であり、江戸時代以降にしか歌に歌われていないので、西行の歌とするには無理があるからです。時代的にはそれが正しいのかもしれませんが、そのままでもよさそうな気がします。というのも、「たんぽぽ」には「鼓草《つづみぐさ》」という別称があるからです。その理由は、一つにはつぼみが鼓の形に似ていること、もう一つは「たんぽぽ」の「たん」が鼓の擬音語になっていることです。

あらためてこの歌の出典について調べてみたところ、一〇〇〇年頃成立の『拾遺集』に、

音に聞く鼓の滝をうち見ればただ山川の鳴るにぞありける（五五六番）

という歌が出ていました（『重之集《しげゆき》』・『檜垣嫗集《ひがきのおうなしゅう》』にもあり）。上の句は完全に一致しているので、この歌を踏まえていると見て間違いなさそうです（最初から「音に聞く」「うち見れば」だったようです）。なお『拾遺集』では肥後の国（熊本県）の鼓の滝になっています。この歌をもとにして、謡曲「鼓滝」（室町期）が作られているのですが、そこでもまだ「たんぽぽ」には言及されていませんでした。

それにもう一首、『新撰狂歌集』所収の、

音に聞く鼓の滝をうちみれば沢辺にちちとたんぽぽの花

があげられます。下の句が少し違っていますが、「ちち」は鼓の音と「少し」の掛詞《かけことば》になっています。しかもこれは寛永頃に出版された古版本ですから、活字になったものとしては一番古い用例でしょう。

これによって『拾遺集』の歌から江戸初期寛永頃の刊『新撰狂歌集』の歌が誕生し、さらに宝暦十年刊の説教集『勧化一声電《かんげいっしょうでん》』で西行ネタとして醸成、それが落語に創作されたという道筋が想定されます。そう考えると、むしろ「たんぽぽ」の方がよさそうですね。

第四章　生活の中の古典文学

北野社（『京都名所めぐり』）

藤村と林檎

島崎藤村《しまざきとうそん》の有名な詩集『若菜集』の中に、「初恋」というちょっと官能的な詩があります。

まだ上げ初めし前髪の、林檎《りんご》のもとに見えし時、前にさしたる花ぐしの、花ある君と思ひけり。やさしく白き手をのべて、林檎を我に与へしは、薄紅の秋の実に、人恋初めし始めなり。

少年時代にいっぱしのロマンチストを気取っていた私は、当然のようにこの詩を暗唱し、密《ひそ》かに口ずさんでいました。もっともその頃は、一語一語正確に理解するというよりも、ただ詩としての言葉の美しさ・甘さに感動していただけでした。そのためいかに自分が無知であったか、内容を誤解していたかということが後になってわかってきました。

髪を上げ初めたというのは、少女から大人への成長・変身を示します。古典に造詣《ぞうけい》の深い人なら、「裳着《もぎ》・髪上げ」として『竹取物語』や『伊勢物語』二三段、つまり筒井筒《つついづつ》の段を思い浮かべるでしょう。あるいは樋口一葉の『たけくらべ』でもかまいません。特に『たけくらべ』は、藤村の詩が成立する直前に発表されたものですから、ヒロインの美登利が島田を結った場面や、「まだ結ひこめぬ前髪の毛の濡れて見ゆる」といった表現が、藤村の詩に引用されている可能性は十分あります。

もちろん藤村自身の実体験も反映されているようです。馬籠《まごめ》（当時は長野県、現岐阜県）時代の隣家に住んでいた、大脇ゆうという娘さんがモデルと考えられています。『微風』所収の「幼き日」という短編には、「桑畑の間にある林檎の樹の下」（藤村全集五巻３８８頁）とあり、初恋の詩の記述とピッタリ一致しています。ただしその時、藤村はわずか八歳でしたから、随分早熟だったことになります。

それ以上に誤解されているのが林檎の産地についてです。私などもずっと長野県の小諸《こもろ》か馬籠あたりの林檎とばかり考えていて、それ以上深く穿鑿《せんさく》したことはありませんでした。最初はこの詩を、日本の身近な田園風景を歌ったものと誤解し、いつか信州の林檎畑に行ってみたいなという夢を描いていました。

しかし林檎というものは、決して日本原産ではなかったのです。もともと漢語ですから、中国原産の果実でした。日本のものは俗に「和林檎」と称されているものです。それが明治になってアメリカ産のおいしい「西洋林檎」の苗が植えられてから、東北・北海道を中心に栽培が始まって、現在に至っています。ですから当時林檎といったら、むしろ西洋的な舶来品というイメージが漂っていたことになります。

ところで藤村は、上京後、明治学院でカルヴィニズム派キリスト教の精神に触れ、洗礼を受けていました。このことを知った時、私の中の「初恋」の詩のイメージが一変してしまったのです。もうおわかりかと思います。この詩に歌われた林檎は、決して信州産の林檎などではなく、例のアダムとイヴの食べた禁断の木の実としての林檎が投影されているのです。そうなるとここに歌われた林檎には、性のめざめや誘惑のイメージが付与されていることになります。

ただし原典たる旧約聖書の創世記には、林檎という言葉は一切見当たりません。この点も多くの人が誤解しているようです。アダムとイヴの話に、肝心の林檎はまったく出てこないのです。これを林檎に固定したのは、ミルトンの『失楽園』でした。そこで林檎は「禁制の果実」となったのです。神がなぜこの実を食べてはいけないと言ったのかについては、これまでに様々な解釈がなされていますが、私は単純に「食べるなのタブー」として考えています。してはいけないというタブーは、厳守されるよりもむしろ破られることにこそ意味があるからです。これがいわば人間の弱さであり、原罪の第一歩なのかもしれません。

いずれにせよ藤村の作品は、キリスト教との関わりが非常に深いということを忘れないでください。

「おにぎり」と「おむすび」の違い

たまたまＮＨＫの「日本人のおなまえっ！」を見ていたところ、「おにぎり」と「おむすび」の違いが話題になりました。「むすぶ」とは心（魂）をそこに込めること（呪術《じゅじゅつ》的な意味合い）であり、心臓の形になっているという柳田國男《やなぎたくにお》の説（食物と心臓）もあるし、「おにぎり」は「鬼切り」の語呂《ごろ》合わせから魔除《まよ》けの効果があるという説もあるので、果たしてどんな展開になるのか楽しみに見ていました。

しかし残念なことに、とことん極められることなく、納得できないまま次の話題に移ってしまいました。大事な柳田國男も取り上げられませんでした。どうせなら「さるかに合戦」や「おむすびころりん」も取り上げるべきでしょう。というのも「さるかに合戦」は「おにぎり」、「おむすびころりん」は「おむすび」と使い分けられているからです。しかしその形は微妙です。特に「おむすびころりん」の絵本の場合、転がりやすさを考慮したのか、丸い「おむすび」がしばしば描かれています。逆に「さるかに合戦」の方は、はさみやすい三角形の絵が多いようです。それに対してのコメントも必要ではないでしょうか。

ついでに番組できちんと報告してほしかったことがあと二つあります。ないものねだりばかりですみません。一つは「おにぎり」と「おむすび」の歴史というか、いつ頃からそういわれていたのかの調査結果です。具体的な資料があれば納得しやすいからです。もう一つは「お―」ときたら、真っ先に女房詞《にょうぼうことば》（女中詞）を疑うべきではないのかということです。それについてもまったく触れられませんでした。

そこで改めて私なりに調べてみました。まず「おにぎり」から丁寧語の「お」を取り、下に「飯」をつければ「握り飯」になります（「にぎり」だと寿司《すし》になります）。現在はこれを「にぎりめし」と称していますが、古典では「にぎりいひ」といっていました。その歴史は非常に古く、『常陸国風土記《ひたちのくにふどき》』に「風俗《くにぶり》の説《ことば》に握飯《にぎりいい》 筑波の国といふ」と出ています。これを信じれば「握り飯」は筑波国（茨城県）の方言だったことになります。

それに対して「むすび」の用例は、調べても江戸時代まで出てきません。しかも『守貞《もりさだ》漫稿《まんこう》』の「握飯」項に、「にぎりめし古はとんじきと云。屯食也。今俗或むすびと云。本女詞也」とあって、「にぎりめし」の俗語として「むすび」ともいわれているが、それはもともと「女詞」（女房詞）だと解説しています。この記述は興味深いですね。

なおここにあげられている「屯食」は、平安時代から用いられている古い言葉ですが、既に意味が違っています。もともとは酒食のこと、あるいは酒食を載せた台のことだったのですが、江戸時代には公家社会において「握り飯」の意味で用いられるようになっているようです。そのことは『松屋筆記《まつのやひつき》』の「屯食」項に、「公家にては今もにぎりめしをドンジキといへり」とあることからも察せられます。

ここに至って「おにぎり」と「おむすび」を考える前に、そのもととなっている「とんじき」のことも考えるべきだということがわかってきました。また女房詞・女中詞ではないかという当初の疑いについては、江戸時代の公家社会の言葉だったことで納得できそうです。

調べてみた結果、「おにぎり」と「おむすび」に関しては、第一に「握り飯」の方が歴史が古くて、「むすび」は比較的新しい言葉だという違いが見えてきました。次に「握り飯」が一般的な言葉であったのに対して、「むすび」は公家社会（上流階級）における女房詞ということで、空間的な狭い広い、あるいは身分的な上下という違いもあげられそうです。

その「握り飯」が「おにぎり」に、「むすび」が「おむすび」になったことについては、単に「お」をつけて丁寧にしたというだけでなく、そこに女性の関与が考えられます。もしそうなら、「おにぎり」は「おむすび」に影響を受けてできた新しい言い方ということになりそうです。

「卵」と「玉子」の使い分け

みなさんに質問します。「鳥の子」という言葉から何を連想しますか。上質の和紙を想起した人は、かなり教養のある人です。光沢のある料紙としての「鳥の子」は雁皮紙《がんぴし》（斐紙《ひし》）のことですが、その色が淡黄色だったことから「鳥の子」と呼ばれるようになりました。

普通はズバリ「鳥の子供」のことを想起するのではないでしょうか。では、それは「雛《ひな》」でしょうか「卵」でしょうか。実はどちらも正解なのです。鳥は卵生なので、卵も雛もどちらも「鳥の子」になります。実際、卵のことを「鳥の子」と称しています。私は福岡育ちですが、博多銘菓の「鶴乃子《つるのこ》」は餡《あん》の入った卵形のマシュマロ菓子です。もっとも『源氏物語』若紫巻の「雀の子」は卵でも雛でもなく、飛ぶことのできる「若鳥」のことでした。これは単に人間から見て「小さい雀」ということなのでしょう。

それはともかく、最古の例とされている『日本書紀』冒頭の「鶏子」は、「とりのこ」と訓読されていますが、意味は卵のことで間違いありません。また『伊勢物語』五〇段にある「鳥の子を十づつ十は重ぬとも」という歌も卵のことで、この場合は不可能なことの譬《たと》えに用いられています（丸い卵は重ねられない）。

次に「鳥の子」の連想で、「卵」に話題を移します。「たまご」という読みは、古典には見当たりません。案外新しい読みと思われます。では古典では何と言っていたかですが、それは「かひご」あるいは「かひのこ」です。というのも古く『万葉集』長歌に、「うぐひすの卵《かひご》の中にほととぎすひとり生まれて」云々《うんぬん》（一七五五番）とあるからです。これはほととぎすの托卵《たくらん》という習性を詠んだものです。

どうも「かひご」の「かひ」は卵の殻のようです。殻に包まれているのがすなわち「卵」というわけです。そして室町期の『日葡辞書』に至って、ようやく「Tamago」が記載されました。その頃は「鶏卵」の意味で「たまご」を使っていたのでしょう。ポルトガル人がカステラなどの西洋菓子や料理に卵を使うのを見て、それが日本人にも広まったのではないかと思われます。

もちろん「卵」は鳥に限らず、魚も含めて卵生のものすべての総称ですが、一般的には鶏の卵を指していました。食用の鶏卵は卵の代表だったことになります。ここから連想が一気に現代に飛びます。さてみなさんは「卵」と「玉子」という漢字表記の違いがおわかりでしょうか。ちゃんと意識して使い分けていますか。

その違いとしては、生物学的には断然「卵」であり、「玉子」は通用しません。というのも、もともと「玉子」は当て字だったからです。丸くて美しいから「玉の子」と称されたのでしょう。そのためか「玉子」は、食用（食材）というか調理（加工）されたものに限定されて使われているようです。

わかりやすくいうと、殻に入った状態が「卵」だし、殻を割って取り出したとたんに「玉子」になります。あるいは調理前は「卵」で、調理すると「玉子」と表記します。だから「玉子焼き」・「玉子丼」・「玉子豆腐」になるのです。「ゆで卵」の場合は殻が付いたままの調理なので、「卵」も使われているようです（「温泉卵」も同様）。もちろんゆで卵の殻を剝《む》いてしまうと、「煮玉子・味付け玉子」になります。「玉子かけご飯」は生ですが、殻を割ったり、醬油《しょうゆ》をかけたりすることで「玉子」の資格を得ているのでしょう。

ついでながら、「玉子」はやはり鶏卵に限るようで、「うずらの玉子」とはいわないようです。逆に比喩《ひゆ》的に「医者の卵」とは言いますが、「医者の玉子」ではおかしいですよね（食べられません）。要するに「玉子」は鶏卵だし、調理済みに限るなど、かなり限定された用法ということがわかりました。是非うまく使い分けてください。

『源氏物語』と和菓子

「『源氏物語』と和菓子」というテーマでは、大きく二つに分けて考えることができます。一つは『源氏物語』の中に描かれている菓子についてです。もちろんそんなにたくさん描かれているわけではありませんし、それを菓子のルーツと見ていいのか迷います。紫式部は必ずしもスイーツ女子ではなかったようです。

紫式部に限らず、当時は和菓子と称すべきものがまだありませんでした。かろうじて中国由来の唐《とう》菓子（饅頭《まんじゅう》）、あるいはちょっとした餅《もち》の類があったくらいです。それらは現在の和菓子屋さんからすれば、到底和菓子とは認められないものばかりです。ただし少しでも和菓子の歴史を遡《さかのぼ》らせるために、甘くもない餅をもそのルーツに加えているようです。
そういった目でみると、かろうじて『源氏物語』には、

1「その夜さり、亥《い》の子餅参らせたり」（新編全集源氏物語・葵《あおい》巻72頁）
2「こなたにて御くだもの参りなどしたまへど」（薄雲巻435頁）
3「わざとなく、椿餅《つばいもちい》、梨、柑子《こうじ》やうの物ども」（若菜上巻142頁）
4「高坏《たかつき》どもにて、粉熟《ふずく》まゐらせたまへり」（宿木《やどりぎ》巻473頁）
5「宮の御方より、粉熟まゐらせたまへり」（宿木巻482頁）

などの例を見出《みいだ》すことができます。葵巻に見える「亥の子餅」というのは、紫の上の新枕（新婚）の「三日夜《みかよ》の餅」の前日に出されています。十月の初亥の日（初旬）に食べると万病を祓《はら》い子孫が繁栄するとされているものですが、甘いのか美味《おい》しいのかは記されていません。むしろ「三日夜の餅」を浮上させるための契機になっているようです。

薄雲巻の「くだもの」、漢字で書くと「果物」ですが、草冠の付いた「菓子」と似ているとは思いませんか。昔「菓子」といったら、普通は果実のことでした。まれに果実以外の加工食品である「唐菓子」（唐果物）のことも意味します。「唐菓子」は当然中国の菓子ですが、粉や小麦粉を練って油で揚げたもので、日本では「ぶと」とも称されています。その「唐菓子」が定着してくると、果物は「水菓子」と称されるようになります。

若菜上巻の「椿餅」は、蹴鞠《けまり》の後宴で出されたおやつ代わりのものです。現在の道明寺粉《こ》に果汁も加えて作った餅を、椿の葉で挟んだものとされています。「粉熟」は宿木巻にのみ二度も出ています。米粉や豆粉に甘葛《あまずら》で甘みを付け、丸くしたものです。ともにお祝いの宴に供せられた比較的高価な菓子だったようです。これなら和菓子のルーツたりえます。ただし当時、菓子職人という専門的な仕事はありませんでした。

さてもう一つは、『源氏物語』を題材として、それをイメージした和菓子作りです。これは江戸時代以降、いろんな和菓子屋さんで試みられてきました。たとえば羊羹《ようかん》で有名な虎屋は、定期的に「源氏物語と和菓子」展を開催しています（解説した小冊子も作られています）。この試みは、源氏物語千年紀よりずっと前から行われていました。

またゴーフルで有名な神戸風月堂も、源氏物語の語り部・村山リウさんの依頼を受けて、毎月の会で語られる巻に合わせて「源氏の由可里」を二十年も提供し続けました。その成果は既に本として出版されています。その後、山下智子さんの源氏語りに代わりましたが、今も同じように和菓子が提供されているようです。これらは各巻の特徴を活《い》かしたものですから、巻名和歌ならぬ巻名菓子ということになります。末富《すえとみ》さんでも、『源氏物語』の巻や百人一首の歌をイメージした和菓子を創作しています。また俵屋吉富《よしとみ》さんでも千年紀の折に「京菓子でつづる源氏物語展」を開催しました。

その他、老松《おいまつ》さんでは源氏香之図《げんじこうのず》のデザインを活かした「源氏香」という落雁を製造しています。なお源氏香之図は五十二種類あって、桐壺巻と夢浮橋《ゆめのうきはし》巻を除いた五十二の巻名が付けられています。ただしこれは平安時代にはなかったものなので、江戸時代の源氏解釈ということになります。これこそ平安に遡れない江戸独自の『源氏物語』です。

これらはイメージですから、いろんな菓子を創作することができます。そのため有斐斎《ゆうひさい》弘道館《こうどうかん》では二〇一八年に京菓子「源氏物語」デザイン公募展を主催し、『源氏物語』をテーマにした京菓子のコンテストを行いました。

発想は自由でいいのですが、時々『源氏物語』の解釈として大間違いを犯していることもあります。たとえば『あさきゆめみし』の場合、『源氏物語』に書かれていない創作も含まれているので、是非きちんと原文を確認してから挑戦してください。もちろん巻名和歌に限らず、登場人物・衣裳《いしょう》や調度品・年中行事・動植物など、様々に発想を広げることも可能です。和菓子となった『源氏物語』を見て楽しみ、味わって楽しむのも、現代人だからこそできるのです。

「桜飯」──所変われば品変わる──

みなさんは「桜飯」あるいは「桜ご飯」という言葉の響きから、どんなご飯を想像しますか。中には想像する必要のない人もいるかと思います。現にその名の付いた料理が存在するところがあるからです。ただし勘違いしてはいけません。この「桜飯」は決して全国共通の料理ではなく、むしろローカルなご当地飯でした。

長崎生まれの私は「桜飯」の存在を知りません。そのため「桜餅」から発想して、桜の花びらが混ぜ込まれた春限定のご飯ではないかと想像を膨らませたのですが、その期待は見事にはずれてしまいました。

改めて「桜飯」を調べてみると、大きく三種に分けられることがわかりました。それは①茶飯（醬油ご飯）の別称、②蛸飯《たこめし》の別称、③味噌漬《みそづけ》大根飯の別称の三種です。それに後から本当に桜の花びらの塩漬けを入れたものも登場します。

まず②の蛸飯ですが、なんと池波正太郎の『鬼平犯科帳』に出ています。池波が料理通なのは有名ですが、平蔵の部下に猫殿（村松忠之進）と称される料理通がいて、その猫殿が蛸飯を炊いて平蔵に食べさせるシーンが出てきます。「白根の万左衛門」という話です。平蔵が「おっ、桜飯か」と尋ねると、猫殿が「左様で、茹《ゆ》でた蛸を混ぜた飯でございますが」以下長々と講釈を垂れるというお馴《な》染《じ》みの展開です。

次に③の味噌漬大根飯ですが、これは司馬遼太郎の小説『峠』に出てきます。主人公河《かわ》井継之助《いつぐのすけ》（越後長岡藩家老）の大好物が桜飯で、「味噌漬飯ほどうまいものはない」と口にしています。これは味噌漬けにした大根を細かく刻んで炊き込みご飯にしたものです。ところがその後、司馬が新潟を訪れた際、地元の人々に「味噌漬飯をお家でなさいますか」

と尋ねたところ、誰も知らなかったというのです。一体、司馬は桜飯の情報をどこから仕入れたのでしょうか。

ようやくある人が「旧士族の家庭だけのもの」と言ったことで、謎が解けました。当時越後長岡藩の藩主だった牧野氏は、徳川家康の家臣であった酒井《さかい》忠次《ただつぐ》配下の東三河《みかわ》衆の一人だったからです。つまり桜飯は越後長岡の郷土料理ではなく、牧野氏によってもたらされた三河の料理だったというわけです。

それによって①茶飯との関連も見えてきました。というのも、茶飯が静岡県浜松市の郷土料理とされているからです。「秘密のケンミンＳＨＯＷ」という番組では、静岡県西部の「さくらご飯」として取り上げられていました。

ご承知のように三河と浜松はそう離れてはいません。何よりどちらも徳川家康ゆかりの地でした。江戸の蛸飯も含めて、三つとも徳川ゆかりの料理といえるかもしれません。ただし①は特殊でした。それはなぜかというと、②や③には具が入っているのに対して、①には酒と醤油と塩以外、具が何も入っていないからです。しかも醤油の量が少ないことから、茶色く炊けるので茶飯と称されたのでしょう。桜飯というのは、それを無理に桜色に見立てたからだと思われます。

それにしても具が入っていないということから、決して豪華なものではなく、むしろ極めて庶民的な貧しい食べ物だったと思われます。ひょっとすると具入りは上級武士の食べ物で、具なしは下級武士あるいは庶民の食べ物と分けられていたのかもしれません。

それがいつの頃からか「さくら」の連想（「さくらさく」は合格！）によって、入試当日の弁当としても活用されるようになったとのことです。受験用ですからそう昔に遡れるものではありません。いずれにしても、これによって春の料理としての「桜飯」も定着していったのです。

百人一首はおいしい

百人一首には恋の歌が多く撰入されていますが、その次に多いのが秋の歌です。百人一首には秋の歌が十六首も詠まれており、四季の歌の半数を占めています。その中では特に紅葉《もみじ》の歌が六首も含まれており、撰者《せんじゃ》である定家の紅葉好みが察せられます。ただし業平《なりひら》の、

ちはやふる神代も聞かず竜田川から紅に水くぐるとは

歌には紅葉が詠み込まれていません。小倉山荘（定家の別荘）のある嵯峨野《さがの》が紅葉の名所であることも反映されているのでしょう。

そういうこともあって百人一首の紅葉は、いろいろな商品に再利用されています。たとえば猿丸大夫《さるまるだいふ》の「奥山に」歌は、花札の十月札の鹿と楓《かえで》のデザインに使われています。在《あり》

原業平《わら》の「ちはやふる」歌など、古くは落語「千早振《ちはやふ》る」の題材になり、最近は末次由紀のマンガのタイトルにも利用されています。

それだけではありません。「竜田揚げ」というお馴染みの料理も、この歌のイメージから命名されたものとされています。みりん醬油で下味を付けた魚や肉に片栗粉をまぶし、油で揚げると赤くなって浮き上がってきますね。それを竜田川を流れる紅葉に見立てて命名されたのです。ずいぶん風流ですね。

もちろん和菓子屋さんも百人一首の商品価値を見逃してはいません。かつて奈良では、「からくれない」という優雅な名前の銘菓を販売していました。新しく開発された小倉あんの由来にしても、貞信公の「小倉山」歌にちなむとされています。小倉あんが鹿の子《かこ》まだらに見えたことから、鹿から紅葉が連想され、紅葉の名所である小倉山に結びついたというのです。嘘のような本当の話です。

また京都の甘春堂では、どら焼きに「月鴨《つきかも》」という名称を付けていますが、その意味がすぐにわかりますか。もともとどら焼きは安倍仲麻呂の「天の原」歌に因《ちな》んで「三笠」あるいは「三笠山」と称されていました。文明堂の「三笠山」は有名ですね。ついでながら富山県ではどら焼きのことを「名月」と称しているそうです。京都の甘春堂ではそれをちょっとひねって、歌の末尾「出でし月かも」から「月鴨」と命名したようです。

これをもっとシンプルな形で活用して成功したのが、広島のもみじ饅頭です。広島県の県木が「モミジ」だったこと、そして宮島の旧地名が「安芸《あき》（秋）」だったことで、秋の紅葉に因む銘菓が考案されました。それがもみじ饅頭です。中でも大手メーカーのにしき堂では、菅原道真《すがわらのみちざね》の「このたびは」歌を包み紙に印刷して販売しています。道真は学問と受験の神様（天神様）としてお馴染みですが、商売繁盛のご利益も期待されたのでしょう。

実は歌にある「紅葉の錦」は、どうやら道真が初めて歌に用いた表現のようなのです。そこに目をつけて、「にしき堂」の「もみじ饅頭」という絶妙の取り合わせになっているのです。饅頭だけでなく、命名もうまいですね。もともとこの歌は、京都と奈良の県境（手向山《たむけ》）で詠まれたものですから、本来なら京都や奈良の和菓子屋さんがもっと早くに活用すればよかったのにと悔やまれます。

また長岡京市に本店のある小倉山荘は、藤原定家の別荘の名称を店名にしたおかき・せんべいの専門店です。必然的に「定家の月」「小倉名月」「嵯峨乃焼」など、藤原定家や小倉山荘・嵯峨野に因むネーミングが少なくありません。本当ならここに「初時雨《はつしぐれ》」「時雨亭」も加えたいところですが、せんべいだけに雨で湿気《しけ》ったらまずいようです。

百人一首だけでなく、嵯峨野自体も秋の名所として有名でした。それは嵯峨野が京都の西（秋の方角）に位置しているからです。秋を強調するのであれば、「嵯峨野の秋」「小倉山薄紅葉」などもいいかもしれません。なお「女郎花《おみなえし》」はかつて嵯峨野の代表的な花とされていたので、これも是非商品名に使ってほしいと願っています。

かつて小倉百人一首文化財団では、末富（山口富蔵）さんにお願いして、百人一首の和歌に因む生菓子を試作してもらいましたが、商品化するまでには至りませんでした。これは非常に京都らしい和菓子なので、商品化されることを願っています。食べてみたいと思いませんか。

「うまい」と「おいしい」

さっそく質問です。みなさんは「うまい」と「おいしい」の違いが説明できますか。これは味覚というより、言葉の問題です。意味の違いでも用法の違いでも歴史的変遷でもかまいません。いかがでしょうか。

たとえば「うまい」は男性的あるいはぞんざいな言葉で、「おいしい」は女性的あるいは丁寧な言い方と答える方もいらっしゃるでしょうね。その答えは決して間違っていませんが、ではどうしてなのでしょうか。

それはどうやら「おいしい」の言葉の成り立ちに秘密があるようです。というのも、「おいしい」の「お」が軽い尊敬を表す接頭語だからです（「おうまい」とはいいません）。「お」を除くと「いしい」が残りますが、普段「いしい」とは口にしませんよね。

これは古語の「いし」という形容詞がもとになった言葉でした。かつては広く「良い」

（いい）という意味で用いられていました。食べ物の古い例としては、中世の軍記物『太平記』の中に、

いしかりしとき（土岐）は夢窓にくらはれて周済（周済房）ばかりぞ皿に残れる

という狂歌が記されています。「とき」は「土岐」と「斎《とき》」（食事）の掛詞《かけことば》です。「周済」にも「蕺菜《しゆうさい》」（漬け物）が掛けられています。兄の土岐が死罪となり、弟の周済が死罪を免れたという内容を盛り込んだ狂歌です。

それが室町時代以降は女房詞として定着したようで、『日葡辞書』の「いしい」項には、「おいしい、あるいは良い味のもの。この語がこの意味で用いられる時は通常女性が用いる」と出ています。これによって室町時代には、食べ物に限定された女房詞になっていたことがわかります。

ところで、みなさんは「いしいし」という言葉をご存じでしょうか。かつて女房たちがお団子をおいしく食べていたことから、「いしいし」は団子を意味する女房詞になっています。『御湯殿上日記《おゆどののうえのにつき》』に「御いしいし」と出ています。また樋口一葉の『十三夜』にも、「お月見の真似事にいしいしをこしらえて」と出ているので、明治期までは女詞として使われていたことがわかります。

というわけで、「おいしい」が室町時代以降に女房詞として使われていたことから、対

照的に「うまい」が男性言葉に位置づけられたのでしょう。もちろん古語の「うまし」はそんなぞんざいな言葉ではありませんでした。という以上に、「うまし」は「いし」よりずっと古い言葉でした。既に『万葉集』に「飯食《いひは》めどうまくもあらず」（三八五七番）と出ているからです。

ただし食べ物に用いられた例は少なく、『万葉集』にはこの一例しか見当たりません。それとは別に「うま酒」という用例がありました。しかも「うま酒の」は「三輪」「三室」にかかる枕詞《まくらことば》となっています。この言葉が背景にあることで、「うまい」は酒を修飾する時によく用いられるのでしょう。

それに対して「いしし」が庶民化したのは、「いしい酒でおりゃる」（江戸時代の狂言「比丘貞《びくさだ》」）まで時代が下ります（これも酒に用いられています）。ここからいえることは、「いし」が一般化するまでの間、「うまし」だけしか使われなかった長い時代があったということです。

ついでながら「おいしい」という言葉は、原則として食べ物にしか使いません。もっとも最近は、「おいしい話」などと比喩的にも使われていますが、それは先に「うまい話」という言い方があって、それに引きずられてできた表現のようです。ということで、「うまい」には古くから食べ物以外にも複数の意味用法がありました。たとえば上手の意味もあるし、物事がスムーズに進む場合にも使います。その一つが「うまい話には気をつけろ」だったのです。

私は現在奈良に住んでいますが、ＪＲ東海は二〇〇六年から奈良観光のキャンペーンに、「うましうるわし奈良」を使っています。この「うまし」は「すばらしい・美しい・良い」といった意味です。よく知られているのは『万葉集』の、「うまし国ぞ蜻蛉島《あきづしま》大和《やまと》の国は」（二番）ですね。これは舒明天皇が天《あま》の香具山《かぐやま》に登って国見をした際に詠まれた国褒めの歌です。おそらくこれが広がって食べ物にも使われるようになったのでしょう。

最近は男性でも「おいしい」というし、女性でも「うまい」を口にしているので、だんだんその違いがわかりにくくなってきているようですが、「うまい」にはこんなに長い歴史があったのです。

「正露丸」の意味

「良薬は口に苦《にが》し」という古いことわざがあります。実は続きがあって、「良薬は口に苦けれども病に利あり」つまり苦いけれど病気に効くといっています。昔は漢方薬が主流だったので、苦くて飲むのに苦労したのでしょう。

その漢方薬には三つのタイプがあります。「湯・散・丸」という漢字に見覚えはありますか。「湯」は日本では銭湯のことですが、中国ではスープのことを意味します。そのため中国からの留学生が鍋《なべ》をもって銭湯にスープを買いに来たという笑い話があります。また「湯」は漢方では煎《せん》じ薬のことですから、ややこしいですね。すぐ頭に浮かぶのは、風邪を引いた時に飲む葛根湯《かっこんとう》・生姜湯《しょうがゆ》でしょうか。婦人薬の中将湯《ちゅうじょうとう》も記憶にあります。

次の「散」は粉薬で、胃薬の太田胃散・のどの薬の龍角散に名を留《とど》めています。これも飲みにくいですね。そして三つ目の「丸」は文字通り丸薬で、小児用の宇《う》津救命丸《づきゅうめいがん》（関東）・樋屋奇《ひやき》応丸《おうがん》（関西）が有名でした。他に仁丹《じんたん》やういろう（小田原のういろう社の万能薬）もあげられます。

ところで胃腸薬といえば、子供の頃よく正露《せいろ》丸《がん》を飲まされました。大きくて呑《の》み込みにくいだけでなく、強烈な匂いも記憶に残っています。もともと正露丸は木《もく》クレオソートを主成分とした胃腸薬（下痢止め）でした。それが匂いの元です。ですから漢方薬というより生薬《しょうやく》ですね。

というのもこれは、江戸時代後期にオランダからケレヲソートという名称で日本にもたらされたものだからです。それを使って明治三十五年、大阪の中島佐一薬房から「忠勇征露丸」として商品化されました。これは日露戦争と関わりのある薬だったのです。

陸軍は木クレオソートの殺菌力を信じ、チフスのみならず脚気にも効く万能薬と考え、日露戦争に出兵する兵士の常備薬としました（もちろん脚気にもチフスにも効きませんが歯痛には効くようです）。当初はそのままクレオソート丸と称していましたが、日露戦争ですからロシア（露西亜）をやっつけるという意味の「征露」丸の方がふさわしいということで、たちまち征露丸という名称が流布したようです。

戦争終結後、国際関係上「征露」は好ましくないとされ、行人偏をとって「正露」に改称されました。ただし奈良県の日本医薬品製造株式会社だけは、今も一貫して征露丸という商品名で製造販売しています。

その後、中島佐一の「忠勇征露丸」の製造販売権を有する大幸薬品は、昭和二十九年に正露丸の商標登録を申請し独占販売をめざしました。なおラッパのマークの正露丸という宣伝文句は、征露丸当時の進軍ラッパのイメージを引きずっているようにも思えます。

これに対して、クレオソート丸を陸軍に納めていた和泉《いずみ》薬品工業は訴訟を行い、最高裁で商標登録の取り消しが確定しました。既に普通名詞化しているというのがポイントです。そのため商標登録は無効となり、誰でも正露丸という名で販売していいことになりました。こうして大幸製薬の正露丸を筆頭にして、和泉薬品工業の正露丸、キョクトウの正露丸、その他本草製薬・大阪医薬品工業・常盤《ときわ》薬品・富士薬品・正起製薬・加藤翠松堂《すいしょうどう》・大和製薬・渡辺薬品工業の正露丸など、異なる製薬会社が同一名で販売しました。各社の包装箱のデザインを比較してみるのも面白いかと思います。

なお、子供には飲み込みにくかった生薬ですが、オブラートに包んで飲まされた記憶もあります。今は錠剤の技術が進化し、糖分でコーティングした正露丸糖衣もできており、匂いも飲みにくさも解消されています。しかし妙なもので、かえってあの臭い匂いがなつかしく感じられてなりません。

絆創膏の呼び方

「内股膏薬《うちまたごうやく》」ということわざを知っていますか。「二股膏薬」とか「股座膏薬《またぐら》」も同じ意味です。膏薬（塗り薬）を内股に付けると、歩くたびに右に付いたり左に付いたりすることから、自分の定見がなく都合によってあっちに付いたりこっちに付いたりする人のことをいいます。

その膏薬を紙や布に塗って体に貼り付けるのが絆創膏《ばんそうこう》の役目でした。それが改良され、簡単に傷口などに貼れる救急絆創膏が考案されると、たちまち家庭の常備薬（品）となり、様々な商品が登場しています。その代表は、なんといってもバンドエイド（ジョンソン・エンド・ジョンソン）でしょう。その他、リバテープ（リバテープ製薬）、キズガード（大正製薬）、カットバン（祐徳薬品工業）、サビオ（ニチバン→ライオン）、オーキューーバン（ニチバン）、キズバン（ライト）などの商品名で実に様々な商品が販売されています。

これらは発売元の製薬会社による商品名の違いなのですが、面白いことに地域によって呼び名の違いが生じています。所変われば品変わるといいますが、まず昔ながらの絆創膏が日本の真ん中（北陸・信越・静岡）を占めています（救急絆創膏とは言わないようです）。バンドエイドはそれを挟み込むように、関東と近畿にかけて広まっています。というより大都市のシェアが多いことがわかります。

カットバンはさらにその外側を取り囲むように東北・中国・四国に広がっています。サビオは北海道が中心ですが、なぜか和歌山と広島がサビオ派になっています。CMの影響とも言われていますが、この飛び地の謎は未《いま》だ解明されていません。それに対してリバテープは九州・沖縄に偏っています。かなりはっきりとした地域差が出ていますね。テレビの「秘密のケンミンSHOW」で取り上げられてもおかしくないかと思います。

カットバンを製造している祐徳薬品工業は佐賀県の会社なのに、九州では熊本発祥の商品であるリバテープに押されているようです。私は長崎県生まれですが、確かに小さい頃リバテープといっていた記憶があります。ただし長崎県全般はカットバンが主流とされているので、地域差といっても微妙です。

なお絆創膏が主流の北陸の中でも、富山だけはキズバンと称しているそうです。そのためキズバンと口にしたら富山県人と思ってまず間違いないとまでいわれています。製造しているライトは、ゴルフ用品のメーカーです。富山にたくさんあるゴルフ場でゴルファー用に販売されたことから、この名称が定着したとされています。

もう一つの不思議が奈良県にありました。奈良ではリバテープ派が多いのですが、それはいわゆるリバテープとは別の商品です。奈良にある共立薬品工業のキズリバテープが正式商品名なのですが、「キズ」を省略して「リバテープ」と称しているため、他商品との混同が生じているようです。ただし両者の違いはほとんど意識されていないのではないでしょうか。

知名度の高いバンドエイドはアメリカの製品で、一九二一年に考案された最も古い救急絆創膏でした。日本ではニチバンが一九四八年にニチバンQQ絆創膏という商品名で販売したのが最初だとされています。「QQ」はもちろん「救急」を掛けています。またセロテープでも有名なニチバンは、スウェーデンのセデロース社のブランドであるサビオも扱っていましたが、後にオーキューーバンという独自ブランドを立ち上げたことで、サビオをライオンに譲りました。その後、サビオは二〇〇二年に製造中止になっていますが、その名称だけは今も北海道に残っているようです。

たかが絆創膏ですが、地域によってこんなに明確に呼称が違っているのです。不思議な現象ですね。ところであなたは絆創膏のことを何と呼んでいますか。

くしゃみからの連想

寒くなってくると、くしゃみが出ますね。ではみなさんは「くしゃみ」という言葉から何を連想しますか。私は漱石の『吾輩は猫である』と、芥川の『鼻』『羅生門』がすぐに頭に浮かびました。『吾輩は猫である』は猫の飼い主が苦沙弥《くしゃみ》先生という名前でしたよね。『鼻』は『宇治拾遺物語』中の「鼻長き僧の事」の翻案です。鼻の長い和尚《おしょう》が食事する際、小坊主が板で鼻を支えているのですが、くしゃみをして和尚の鼻が粥椀《かゆわん》の中に落ちてしまうという悲惨で滑稽《こっけい》な話です。また『羅生門』には「下人は大きな嚔《くさめ》をして」と出ています。

「くさめ」というのは「くしゃみ」の古語で、『徒然草《つれづれぐさ》』四七段には清水寺参詣《さんけい》の途中で老尼《ろうに》が「くさめくさめ」と唱えながら歩くのを聞いて、なぜ唱えているのかしつこく尋ねたところ、くしゃみした時にこの呪文《じゅもん》を唱えないと死んでしまうからだと答えています。くしゃみによって魂が体外に出てしまうと、寿命が縮まると考えられていたのでしょう。それを留める呪文として「くさめ」と唱えたわけです。

この呪文については、『枕草子』「にくきもの」章段に、「鼻ひて誦文《ずもん》する」（新編全集）とあります。ここでは「くさめ」のことを「鼻ひ」という語であらわしています。どうもこちらの方が古いようで、『万葉集』にも、

うち鼻ひ鼻をそひつる剣太刀《つるぎたち》身に添ふ妹し思ひけらしも（二六三七番）

と出ていました。これは呪文ではなく、くしゃみをしたことの原因を恋人が自分のことを

思っているからと都合よく解釈しています。

なお、くしゃみと噂の関連は古く中国の『詩経《しきょう》』に出ているので、中国から日本に伝わったと考えられます。それが現代まで引き継がれてきたようで、多少の違いはあるものの、「一誹《そし》り二笑い三惚《ほ》れ四風邪」とか、「一に褒められ二にふられ三に惚れられ四に風邪」などという俗説というかことわざとして広まっています。最後の風邪という落ちが面白いですね。

前述のように、「くさめ」という言葉よりも「鼻ひ」の方が古くから用いられていました。おそらくくしゃみのことは「鼻ひ」といわれていたのでしょう。ただしくしゃみが出るたびに「くさめ、くさめ」と呪文を唱えているうちに、いつしか「くさめ」が「鼻ひ」に取って代わり、逆に「鼻ひ」とはいわなくなったのではないでしょうか。

そうなると改めて新しい呪文が必要になったようで、例えば古俳句に「くつさめや徳万歳のはなの春」（『寛永発句帳』）とあるのは、くしゃみをした時に「徳万歳」と唱えていたことを示しています。それとは別に、江戸後期には「くそくらえ」というかなり下品な呪文も登場しています（『安斎随筆《あんさいずいひつ》』）。

くしゃみは病気というより日常茶飯事のものですから、取り立てて注目されることはありませんでした。そのため近代文学作品の中に出ていたとしても、ほとんど印象に残っていないのではないでしょうか。しかしながら案外多くの作品に使われているようです。たとえば谷崎潤一郎の『細雪《ささめゆき》』、宮沢賢治の『セロ弾きのゴーシュ』、太宰治の『斜陽』などに用例があります。その他、昔話では「花咲爺」の中で、隣の欲張り爺《じい》さんが灰をまいて、殿様がくしゃみをしています。谷川俊太郎の有名な「二十億光年の孤独」という詩も、「思わずくしゃみをした」で終わっています。

キーワードかどうかはともかく、くしゃみがいろんな作品に描かれていること、おわかりになりましたか。是非みなさんも探してみてください。

人丸は防火の神様？

まず日本最大の歌人・柿本人麻呂《かきのもとのひとまろ》の名前の変遷を確認しておきましょう。『万葉集』では「人麻呂」という表記で統一されています。それが『古今集』になると「人麿」と二文字で表記されるようになります（「歌聖」は人麿！）。もともと「麻呂」と「麿」は近い表記といえますが、漢字三文字と二文字で使い分けられたのです。

ですから平安時代に編纂《へんさん》された『人麿集』は、必ずしも正真正銘「人麻呂」自作の歌集ではなく、人麻呂以外の歌を多く含む「人麿」の歌集ということになります。百人一首に採られている「あしびきの」歌も『古今集』の「ほのぼのと」歌もその好例と考えればわかりやすいですね。それが中世に至るとさらに説話化・伝説化が進み、歴史上の人物ならぬ伝説上の人物としての「人丸」像が醸成されていきます。既に「人丸」は生身の人間ではなく、和歌の神様に祭り上げられているのです。

　百人一首の写本の多くが「人丸」とあるので、『万葉集』の「人麻呂」とはむしろ積極的に別人として考えた方がいいかと思います（猿丸・仲丸も同様です）。そして「人麻呂」ならぬ「人丸」には、言語遊戯というか語呂合わせによって、「火止まる」とか「人産（生）まる」というご利益が付与されて、人丸神社に神として祀《まつ》られています。全国には人丸を祀った、いわゆる人丸神社・柿本神社が二百以上もあります。兵庫県明石市の柿本神社が有名ですが、他に島根県益田市の高津柿本神社、奈良県橿原《かしはら》市の人麿神社などもあります。

木版の「人丸大神」

　特に火事の多かった昔は、防火対策が必須でした。そこに人丸が担ぎ出され、

　　焼亡は垣の本まで来たれども
　　明石といへばここに火とまる

とか、

焼亡は垣の本まで来たれども赤人なればそこで人丸

といった消火（鎮火）のまじない歌がご利益を発揮しています。最初の歌は明石に人丸神社があることで、「火が止まる」としています。次の歌の赤人には「赤火」が掛けられているのでしょう。また、赤人は人丸の後（人丸は赤人の前）という百人一首の序列も踏まえられているようです。こうして人丸は、和歌以外に防火（火伏せ）の神様として祀られるようになりました。至る所に柿本社・人丸社といった小さな祠《ほこら》があるのは防火のためだったのです。

こういった伝承はそんなに古いものではなく、現在のところ正保《しょうほう》三年（一六四六年）の奥書を有する大蔵流狂言台本の末尾に、

ほのぼのと垣の本まで焼けくれど般若棒にて打てばとどまる

とあるのが最古とされています。ここに名のある般若房宗熙《むねひろ》がかつて、

我が宿の垣の元まで焼け来るを般若棒にて打てば火とまる

と詠んだのを少し変えただけのものですから、やはり江戸時代の産物といえそうです。

もう一つの語呂合わせですが、無理に「人産まる」と読んで懐妊・安産（難産の際の呪《まじな》

い）の神様としても祀られています。この場合、「ひとまろ（人麿）」ではだめで、どうしても「ひとまる（人丸）」でなければなりません。

一方、「ほのぼのと」歌も眼病治療に活用されています。昔、柿本神社に盲目の僧が訪れ、

ほのぼのとまこと明石の神ならば我にも見せよ人丸が塚

と歌を詠じたところ、たちまち目が見えるようになりました。それまで杖《つえ》にしていた桜の枝が不要になったので地面に刺して帰ったところ、それが根付いて見事に花を咲かせました。そこでその桜は「盲杖桜《もうじょうざくら》」と名付けられたそうです。

現代に生きる菅原道真

百人一首に「このたびは幣《ぬさ》も取りあへず手向山紅葉の錦《にしき》神のまにまに」歌が採られている菅原道真ですが、その作者表記はなぜか「菅家《かんけ》」になっています。これは他に例を見ない珍しい呼称です。本来なら『新古今集』にあるように「菅贈太政大臣」とするのがふさわしいはずですが、あえて人物を特定しないような名称になっているからです。あるいは「菅家」は、既に道真が神格化されていることを表明している名称かもしれません。

そもそも道真といえば、日本三大怨霊《おんりょう》（道真・平将門《まさかど》・崇徳院《すとく》）の一人にされている恐い祟《たた》り神（雷神）でした。だからこそ、それを鎮めるために京都の北野天満宮をはじめとして全国に数多くの天満宮（天満大自在天神）が建立されたのです。その総数は三千とも一万二千ともいわれています。しかも人臣《じんしん》の道真ですから、普通なら神社なのに、皇族と同じように天満宮となっています。それは天皇の勅許があったからでしょう。それだけ恐れられていたことの証《あか》しともいえます。

ところが面白いことに、時代が下ると道真の性質が大きく変容してきました。本来的な祟りは影を潜め、有難いご利益の方が前面に押し出されてきたのです。それこそが庶民のたくましさでしょうか。祟るということは、それだけ強力なパワーを有しているわけですから、それがプラスに転化されても不思議はありません。

江戸時代、生類憐《しょうるいあわれ》みの令で有名な五代将軍徳川綱吉《つなよし》は、湯島（文京区）に学問所（湯島聖堂）を創建しますが、それと併せて湯島天神も篤《あつ》く信仰されました。これによって道真は、学問の神様として都合よく据え直されたわけです。もちろん徳川家にとって、道真は祟り神でもなんでもありませんでした。もともと菅原氏は大江氏と並ぶ文章博士《もんじょうはかせ》（学問）の家ですから、本来の正統なものが再び評価されたといえます。

こうして天神様に学問の神様という新しいレッテルが貼られると、それが庶民にも浸透していきました。江戸時代には全国に多くの寺子屋が作られ、そこで子供たちに読み書きが教授されました。その寺子屋の壁（床の間）に、天神様の図像が掛けられたのです。寺子屋に集う子供たちは、その天神様に様々な稽古事の上達をお願いしました。特に書道の上達が祈願されたようです。浄瑠璃《じょうるり》の「菅原伝授手習鑑《てならいかがみ》」にはそれが反映されています。

天神図は最初は肉筆の道真像だったでしょうが、次第に安価な浮世絵も刷られるようになり、膨大な天神図が全国に広がっています。それだけ寺子屋（需要）が多かったわけです。明治になると小学校ができるので、従来の寺子屋は廃止され、同時に天神図も姿を消していきました。

戦後のベビーブームによって受験戦争が勃発《ぼっぱつ》すると、もう一度天神様の需要が高まります。仕掛け人は太宰府天満宮でしょうか。従来の学問の神様というご利益が受験に特化されることで、受験生用の合格お守りが飛ぶように売れました。太宰府天満宮など、銀座でお守りの出張販売まで行っています。そして現在、全国にある天満宮は受験の神様として篤く信仰されているのです。

それとは別に、学校との関わりから、岡山の学生服製造のメーカー（現在の菅公学生服）が学生服のブランド名として「菅公」学生服で大当たりを取りました。こうなると天満宮は、商売繁盛の神様としてもご利益がありそうですね。もはや天神様が恐い神様だったということは、ほとんど忘れられてしまったようです。

「桃栗三年柿八年」の続き

ことわざは人生訓として今も生き続けています。その背景には、先人たちの数多くの失敗が蓄積されているのではないでしょうか。「転ばぬ先の杖」ではありませんが、昔のことわざは心用意として現在に活かしてこそ価値があると思います。

そんなことわざの一つとして、「桃栗三年柿八年」があげられます。意味は、植えてから実がなるまで（収穫まで）に何年かかるかを並べたものです。もちろん比喩的に、物事は一朝一夕にできるものではない、それ相応に時間がかかるものだという教えが含まれているようです。

このことわざは「桃・栗・柿」という馴染みのある三つの果物で短くまとめられています。そこで質問です。これに続くフレーズがあることをご存じでしょうか。もちろん順番ですから、年数はもっと長くなります。そこに地域差というか、場所によって取り上げられる果物に違いが出ているようです。

よく口にされるのは「柚子《ゆず》の大馬鹿十八年」でしょうか。植えてから実がなるまで十八年もかかっては、生産者もたまったものではありません。だから「大馬鹿」なのでしょう。この言い回しを積極的に色紙に書いたのが、あの『二十四の瞳』の作者壺井栄でした。それもあって小豆島《しょうどしま》にはこの文学碑が建立されています。

それとは別に、原田知世主演の角川映画「時をかける少女」はご存じでしょうか。一九八三年に公開されて大ヒットしましたが、その映画の一シーン（授業風景）で、このことわざが登場していました。確か保健体育の先生がこのことわざをあげ、その続きとして「柚子は九年でなりさがる」を紹介した後、さらにその続きとして主役の原田知世が「梨の馬鹿めが十八年」といって大笑いされる場面です。また映画の挿入歌「愛のためいき」の歌詞にもなっていました。

ところで「柚子は九年でなりさがる」に違和感はありませんか。もともと前述の「柚子の大馬鹿十八年」は長すぎます。柚子が実をつけるのに十八年もかかりません。それもあって十八年を半分にして、「柚子は九年で花盛り」とか、「柚子は九年でなりさかる」ともいわれているのです。映画ではこれを「なり下がる」（濁音）としていますが、むしろ「成り盛る」（清音）の方が正解ではないでしょうか。

次に長いフレーズを探してみたところ、「桃栗三年柿八年、梅は酸い酸い十三年、梨はゆるゆる十五年、柚子の大馬鹿十八年、蜜柑《みかん》のまぬけは二十年」というのがありました。また「桃栗三年柿八年、梅はすいすい十三年、柚子の大馬鹿十八年、林檎にこにこ二十五年、銀杏《いちょう》のきちがい三十年、女房の不作は六十年、亭主の不作はこれまた一生」というバージョンも見つかりました。いちょうは実がなるまでに三十年もかかるのです。

この中の「梅」に代わって「枇杷《びわ》は早くて十三年」というのもあるし、蜜柑に代わって「胡桃《くるみ》の大馬鹿二十年」というのも見つかりました。かなり応用（入れ替え）が利くようです。また「林檎にこにこ二十五年」は長すぎると思われたのか、十年短縮して「林檎にこにこ十五年」というバージョンも見つかりました。

これらは原則として実のなる果樹ですが、ことわざですからここから転じて人事に展開することもあります。「女房の不作は六十年」「亭主の不作はこれまた一生」などがそれです。反対に「桃栗三年後家一年」というパロディもあります。これは亭主を亡くした女房がわずか一年で再婚してしまうという皮肉が込められています。

このことわざの出典は明らかにされていませんが、古いところでは江戸時代の『役者評判蚰蜒《げじげじ》』（一六七四年刊）という本に、「桃栗三年柿八年、人の命は五十年、夢の浮世にささので遊べ」という歌謡が載っていました。「ささ」は酒のことですから、酒を飲んで楽しく遊べという享楽的なものです。こういった面白さやおかしさも、庶民のことわざには大事な要素です。また松葉軒東井《しょうようけんとうせい》編の『譬喩尽《たとえづくし》』（一七八六年序）には、「桃栗三年柿八年、枇杷は九年でなり兼ねる、梅は酸い酸い十三年」と出ているので、この頃にはことわざとして確立していたことがわかります。

結構有名なことわざなので、「いろはかるた」に採用されてもおかしくないのですが、京いろはは「餅は餅屋」だし、江戸いろはは「門前の小僧習はぬ経を読む」が定番です。

幕末頃の「尾張《おわり》いろは」や「大新板以呂波教訓譬艸《おおしんはんいろはきょうくんたとえぐさ》」にようやく見られる程度なので、「いろはかるた」では意外に不人気だったことがわかりました。

本名と号の組み合わせは不可？

小学生向けの新聞から原稿を依頼され、文章の中で浮世絵の絵師を「安藤広重《あんどうひろしげ》」と書いたところ、即座に編集者から「歌川広重」にしてくださいという注文が入りました。私は「東海道五十三次」の作者は「安藤広重」と覚えているのですが、なんと今の教科書では「歌川広重」に統一されているのだそうです。ご存じでしたか。

それというのも、安藤は本名で広重は号（ペンネーム）だから不適切だとのことです。もし本名で呼ぶのであれば安藤重右衛門が正しく、号で呼ぶのなら「歌川広重」（一立斎広重）が正しいというわけです。それはそれで理に適《かな》っていますが、では夏目漱石・森鷗《もりおう》外《がい》・島崎藤村・室生犀星《むろうさいせい》などもみんな間違いなのでしょうか。どうやら本人がそう名乗っていればいいのであって、本人が名乗っていない名称はだめだということのようです（屁《へ》理屈《りくつ》のようにも聞こえますが）。

これは広重だけの話ではありません。古典文学史では基礎教養の一つである『南総里見八犬伝』の作者である滝沢馬琴も間違いだとされたのです。理由は広重と同じで、本名は

「滝沢興邦《おきくに》」で号が「曲亭馬琴」だからです。実際、「曲亭馬琴」とは名乗っていますが「滝沢馬琴」とは名乗っていないということです。どうもこれは文科省というより、近世文学研究者の主張だったようです。

古典文学史で最も話題になったのは、『徒然草』の作者、兼好でしょう。かつては安易に「吉田《よしだ》兼好《けんこう》」で済ませていましたが、どうも「吉田」はふさわしくないということで、「卜部《うらべ》兼好《かねよし》」あるいは「兼好法師」が正解になっています。一説には吉田神道家が兼好の知名度を利用して、「吉田兼好」という名を意図的に広めたとされています。

要するに、生前に兼好は一度も「吉田兼好」とはいわれていなかったからだめなのです。ややこしいことに、出家すると法名に変わりますが、兼好は法名も「兼好」なので、卜部は「かねよし」・法師は「けんこう」と読み方で使い分けるしかなさそうです。

ついでにもう一人、ややマイナーな「顕昭《けんしょう》」のこともあげておきましょう。顕昭は若い頃出家した歌僧です。才能を認められて藤原顕輔《あきすけ》の養子になり、六条藤家《とうけ》の歌道を継承しました。御子左《みこひだり》家の俊成や寂蓮《じゃくれん》と論争もしています。そのためつい藤原顕昭と称したくなるのですが、本名と法名をくっつけるのは不適切ということで、単に「顕昭」とするのが正しいとされています。それは「寂蓮」も同じですね。

では女性はどうでしょうか。まず古代では結婚しても夫婦別姓でした。ですから藤原道長の正妻・倫子《みちこ》は、結婚後も死ぬまで「源倫子」で、「藤原倫子」とはいわれていません

（お墓も別です）。それは源頼朝と結婚した「北条政子」も同様で、「源政子」とは名乗っていません。八代将軍足利義政《あしかがよしまさ》の妻である日野富子《ひのとみこ》もしかりです。日野富子は生涯「日野富子」であって、「足利富子」ではないのです。それを踏まえて「細川ガラシャ」はどうでしょうか。

ガラシャは明智光秀《あけちみつひで》の娘「玉《たま》」ですから、「明智玉」が本名でした。たとえ細川忠興《ほそかわただおき》の妻になったとしても、細川姓を名乗ることはなかったはずです。また「ガラシャ」はキリスト教に入信したことによるクリスチャンネームです。これなど主人公の印象を強めるために小説などで用いられたのかと思っていたら、どうやら明治以降のクリスチャンたちが、彼女の生き方を讃《たた》えるためにそう呼び始めたとのことでした。それはそれで納得できます。正しい名前だけを正解とするのは、文学的ではないような気がします。

三行半の真実

「三行半《みくだりはん》」をご存じですよね。それは江戸時代の制度・慣習であり、男尊女卑の社会において夫から一方的に突きつけられる離縁状のことです。そこに女の悲哀や忍従といったマイナスイメージが付与されてきました。

ところが最近の研究によって、それは明治政府が良妻賢母志向のために植え付けた幻想であることが明らかになりました。つまり、三行半の役割は離縁状ではなく、むしろ再婚許可証であり、また復縁拒否状でもあったのです。これによって三行半のイメージが一八〇度転換しました。

確かに三行半は夫から一方的に渡されるものですが、そこに離縁の理由は一切書かれていません。あるのは別れた妻が今後誰と再婚しようとおかまいなしということだけです。これに連動して、結婚の際に妻が持参した金品はすべて妻に返さなければなりませんでした。それだけではありません。三行半は必ず夫用の控えも作られます。この控えがないと夫にしても再婚できないばかりか、密通とみなされることになるからです。

ところで離縁状の名称としては、三行半以外に「暇《いとま》の印」「暇状」あるいは「去状《さりじょう》」などがあげられます。この場合、決まった書式があったわけではありません。そもそも「三行半」という表現は、書式がまさしく三行半になっているからでした。しかしながら現存する離縁状は様々で、二行半や四行半・七行半などもあります。そのため従来は徐々に三行半という名称・書式に定形化していったと説明されていました。

この三行半の歴史的研究を参照すると、今のところ元禄九年（一六九六年）の「相渡シ申手形之事」が一番古い現物のようです。もともとこういったものは長期保存されなかったのかもしれません。それに対して文学側にはもっと古い資料があります。たとえば明暦三年（一六五七年）刊の山岡元隣《やまおかげんりん》作『他我《たが》身之上』（京都・秋田屋平左衛門板）の第三巻に、

「つゐに其女房も三行り半でらちをあけ」とあります。また宗因（西山豊一）の『宗因千句』（寛文十三年刊）に、「一筆に三くたり半の末の秋」ともありました。少し遅れて井《い》原《はら》西鶴《さいかく》作『懐《ふところ》硯《すずり》』（貞享《じようきよう》四年序）には、「暇をやるぞ只今帰れと立ながら三行半さらさら書て」とあり、また元禄九年刊の花洛酔狂庵《からくすいきようあん》作『好色小《こ》柴垣《しばがき》』（京都・升屋板）の第五巻にも、「三行り半のいとまの状をさらりと書いて」と出ています。

　これによって新たな疑問が生じました。文学では最初から三行半で定着しているからです。もし形式が決まっていないのなら、三行半とは称していなかったのではないでしょうか。もう一つ、これまで三行半の現物は関東でたくさん発見されていたことで、関東始原説が優勢でした。しかしながら文学資料はすべて関西に集中しており、関西始原説の有力な根拠《よりどころ》といえそうです。

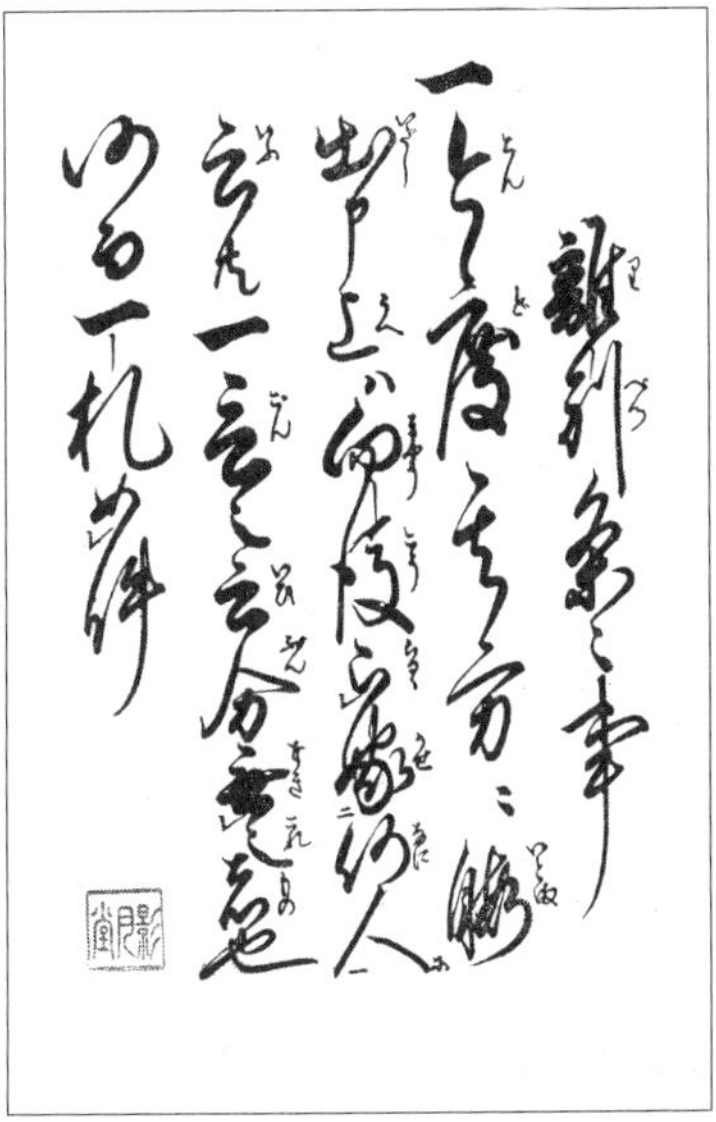
最古の木版三行半

　こうした中、元禄五年（一六九二年）頃に刊行された『願学文章』がみつかりました。この本は諸手形証文の雛形《ひながた》集ですが、その中に「離別条之事」として三行半の雛形が掲載されていたのです。これまでは文化三年（一八〇六年）刊の『書翰用文手形鑑《しよかんようぶんてがたかがみ》』が版本最古の例とされてきました。それが『願学文章』の出現によって、一気に百十年以上も遡ることになったのです。三行半の雛形が出版されるということは、その需要（離縁）が多かったからではないでしょうか。しかもこれによって、版本の方が肉筆の現物よりも年代が遡るという奇妙な逆転現象まで生じてしまいました。

さて江戸時代というと、「貞女二夫にまみえず」といった儒教的な良妻賢母像が強くイメージされていますが、実際には必ずしもそうではありませんでした。たとえば武家女性の婚姻に関する統計によれば、当時の離婚率は一一パーセント強で、しかもそのうちの五九パーセント弱が再婚しているとされています。因みに一九八三年の日本の離婚率はそのわずか十分の一の一・五九パーセントです。単純に比較はできませんが、一一パーセントというのは異常に高い数値であったことがわかります。

では江戸時代の女性たちは、今と比べてずっと不幸だったのでしょうか。そう考えるのはいささか短絡のようです。現に女性の権利が認められている先進国ほど、高い離婚率を示しているからです。それだけでなく、江戸時代は離婚率と同じように再婚率も驚異的に高かったことを見逃すわけにはいきません。

当時の女たちは機織《はたおり》などで現金収入を得ていました。そのため再婚を希望する男たちが多かったといわれています。だからこそ再婚許可証たる三行半の必要性が存したわけです。

現在の社会情勢はそれに近付いているように思えます。こんな時だからこそ三行半について見直すいい機会ではないでしょうか。

右と左の話

よく日本では、昔は左が上位で右が下位だったといわれています。それに対して古代中国（漢）では右が上位だったといわれています。その名残が「左遷」という言葉です。右から左に遷《うつ》されることが大きなマイナスだったからです。もっとも中国でも、唐の時代には左上位に変わっており、それが日本にもたらされたとも考えられます。

実は左が上位になったのは、争いごとがなかったからだという説もあります。というのも、もともと左右に差はなかったのですが、左は文官・右は武官と分かれていたため、戦争があると右の武官が重視されることで右が上位になり、平和な時代になると逆に左の文官が上位になりました。平安時代の日本は平和だったので、左上位になったというわけです。

なお西洋ではというか、世界的にはやはり右が上位でした。「右に出るものはいない」や「右に同じ」という慣用句は、そこから来ているのでしょう。「座右の銘」も右上位の思想のようですね。ついでながら英語の「ライト」には、右という意味以上に正しいという意味もあります。

では左利き・右利きはどうでしょうか。もともと右利きが多いことは間違いありません。それもあって武士の世界では左利きが認められず、右利きに矯正させられていました。つい最近まで学校や家庭では、右手で鉛筆や筆を持たされたはずです。それが前提だからこそ、右と左を区別させるためにお箸《はし》を持つ手が右で、茶碗《ちゃわん》を持つ手が左という教えがあったのです。仮に左利きが認められていたら、これはかえって混乱を生みますよね。

ということで、昔は包丁にしろハサミにしろ、右利き用しかありませんでした。ところがスポーツの世界で左利きが有利だといわれるようになったこともあり、徐々に左利きを矯正しなくなりました。今では左で鉛筆（ペン）を持っている人もたくさんいます。プロ野球の世界など、左投げの投手も左バッターも多いですよね。ボクシングでもテニスでもサウスポーは今や当たり前です。

それとは別に、右回り・左回りはどうでしょうか。子供心にどっちが右回りなのか、なかなかわからなかったという苦い記憶があります。そんな時、時計回りが右回りで、反時計回りが左回りと教わりました。遡ると、日時計の影の回り方が時計回りの原点だそうです。最近はデジタルだらけなので、時計回りといっても通用しないかもしれません。

ついでながら陸上やアイススケートのトラック競技は左回り（反時計回り）が普通です。かつてヨーロッパでは右回りだったこともあったようですが、カーブの回りやすさを斟酌《しんしゃく》して、徐々に左回りに統一されたのだそうです（心臓との位置関係？）。ではネジやビンのふたはどうでしょうか。たいていは時計回りで閉まり、反時計回りで開きますよね。

ドアにも左開きと右開きがありますが、これは少々わかりづらいようです。家にある冷蔵庫を思い浮かべてみてください。どっちに開きますか。普通は左側に取っ手がついていますよね。それを右手でつかんで開けますから、それが右開きということになります。最近は両開きや観音開きもあるので、ますますややっかいです。

これを本に置き換えてみると、縦書きの本は右から左に文章が進むので、必然的に右開きになります。横書きだと文字を左から右に進むので、こちらは左開きというわけです。こちらの例の方がわかりやすいですよね。では京都の左京・右京はどうでしょうか。この場合は向かって右・左では通用しません。御所で南面（北を背に）していらっしゃる天皇からご覧になっての左か右かということです。

この理屈はお雛様にも応用されていました。だから古い並べ方は、向かって右に男雛をおいていたのです。それが西洋の影響を受けて、現在は向かって左に男雛を置くことが多くなっているようです。この論理は能舞台などにも適用できます。向かって右が上手《かみて》で、向かって左（橋掛りのある方）が下手《しもて》になります。左右は決して対称ではないのです。

大和魂について

日本人の精神を言いあらわす言葉として、よく「大和魂《やまとだましい》」が使われています。しかし、詳しく調べてみると、どうやら間違った使われ方をしていることがわかりました。

そもそもこの言葉の初出が何か知っていますか。意外にも『源氏物語』でした。少女巻《おとめ》に「才をもととしてこそ大和魂の世に用ゐらるる方も強う侍《はべ》らめ」とあるのが、今のところ一番古い例とされています。これより古い例が報告されていないのです。

しかもその意味は「実務的な能力がある」です。たとえば『大鏡』には、藤原時平について「さるは、大和魂などは、いみじくおはしましたるものを」と語っています。時平は道真を陥れた人ですが、それでも「大和魂」は身につけていたのです。

ところで、少女巻に出ている「才」とは漢才《からざえ》（漢学・儒学に通じていること）です。外来の文化に精通し、それを和風に応用するのがいわゆる「和魂漢才」でした。この熟語の初出は『菅家遺誡《かんけいかい》』とされています。漢学に精通していた道真にふさわしい言葉ですね。ただしこの作品は偽書とされているので、この熟語にしても到底菅原道真まで遡れそうもありません。むしろ江戸時代になって、国学者の谷川士清《たにかわことすが》や平田篤胤《ひらたあつたね》によって広められた（歪《ゆが》められた）言葉のようです。その際、遣唐使廃止（唐才不要）を唱えた道真が「大和魂」にふさわしい人物ということで、創始者として祭り上げられたようです。

これと類似した言葉に「大和心」があります。初出は『後拾遺集』所収の、

さもあらばあれ大和心し賢くは細乳《ほそぢ》につけてあらすばかりぞ（赤染衛門）

です。二つとも女性の作品が初出例であり、女性的な用法だったことがわかります。また『大鏡』には、「（藤原隆家《たかいえ》は）大和心賢くおはする人にて」と記されています。隆家は政権争いで道長に負けた伊周《これちか》の弟です。

この「大和心」は後に国学者本居宣長《もとおりのりなが》によって、

「本居宣長」(『日本偉人百首かるた』)

敷島の大和心を人問はば朝日
に匂ふ山桜花

と詠じられたことで俄《にわか》に有名になりました。もちろん宣長にしても、優美なものの喩《たと》えとして歌っています。

ところが幕末の戦乱期にあの吉《よし》田松陰《だしょういん》が、

かくすればかくなるものと知りながらやむにやまれぬ大和魂
身はたとひ武蔵の野辺に朽ちぬともとどめおかまし大和魂（「留魂録《りゅうこんろく》」）

などと詠じたことから、大和魂の意味が男性的に大きく変容してしまいました。それは江戸時代後期に国粋主義と結びついた「大和魂」（忠義・愛国心）が、日本民族固有の精神として新たな意味を付与されたからです。

「大和心」にしても、桜が美しくさっと散ってしまうことから、武士道精神や軍人の潔さに強引に結びつけられていきました（軍歌の「同期の桜」）。でも無駄に命を落とさない、つまり散るのを惜しむことこそが「大和心」の真意だと思います。もう一度、平安時代の用法が見直されることを願わずにはいられません。

なお明治維新になって西洋の文化が導入されたことで、「和魂漢才」をもじった「和魂洋才」が唱えられるようになったことも付け加えておきます。導入すべきものが漢から洋に置きかわったわけです。

第五章　京都文化

銀閣寺(『京都名所めぐり』)

近衛の糸桜

毎年三月下旬になると、京都御苑は桜の名所として賑《にぎ》わいます。特に近衛《このえ》邸跡の池のほとりにある糸桜は、「近衛の糸桜」として江戸時代から有名なものでした。「糸桜」というのは一重の枝垂桜《しだれざくら》の別称ですが、ソメイヨシノよりも早く小ぶりの花を咲かせて、春の訪れを感じさせてくれます。私は今出川通りに面した冷泉《れいぜい》家の通用門にある早咲きの桜を目印にしており、これが咲いたら近衛の糸桜も見頃かなと判断しています。

その糸桜の由緒を探ると、二つの問題が浮上してきました。一つは近衛邸に場所の変遷があって、それに伴い糸桜がどこに植わっていたのかはっきりしないということです。御苑にあるのは、天正年間に豊臣秀吉によって移転させられた「下之御所」と称される新しい邸跡です。それ以前の古い「上之御所」はというと、同志社大学新町キャンパスの辺りにあったそうです。その名残が近衛殿表町《このえでんおもてちょう》という町名に認められます。謡曲「西行桜」に「近衛殿の糸桜」と讃《たた》えられているのは、おそらく上之御所に植えられていたものでしょう。『洛中洛外図屛風《らくちゅうらくがいずびょうぶ》』歴博甲本でも、上之御所の位置に糸桜が描かれています。まず邸の移動についてご理解ください。

二つ目は、糸桜を詠んだ和歌の出典についてです。糸桜の説明の中にしばしば、

春の雨にいと繰かけて庭のおもは乱れあひたる花の色かな

という和歌が引用されていますが、長らく古歌（出典未詳）とされてきました。それがようやくわかったのです。

文禄三年（一五九四年）のこと、勅勘《ちょくかん》を蒙《こうむ》って薩摩《さつま》（鹿児島県）に配流されていた近衛信尹《のぶただ》ですが、二年後の文禄五年（慶長元年）に許されて薩摩から帰京します。その際、阿《あ》蘇《そ》神社（熊本県）の神官・阿蘇玄与《げんよ》が随行し、『玄与日記』（『群書類従《ぐんしょるいじゅう》』十八所収）を書き残しています。その日記の慶長二年（一五九七年）二月六日条に、

近衛様糸桜の亭にて、かしら字を置て御当座有。

と、「糸桜の亭」が記されています。この時期まだ糸桜は開花していないようですが、「近衛の糸桜」が夙《つと》に有名であったことが察せられます。これは下之御所のことでしょうか。

そして同月二十四日条になってようやく、

同日、雨に糸桜をよみ侍る

春の雨に糸くりかけて庭の面はみだれあひたる花の色哉《かな》

咲き出ん砌《みぎり》の花の盛りをも松の常盤《ときは》にならへとぞおもふ

と、玄与が糸桜の歌を二首詠じています（「繰り」「乱れ」は「糸」の縁語）。この頃には咲いていたのでしょう。その玄与の歌に呼応して信尹も、

咲けば散る花にはありとももことしより松の常盤に習ひても哉

と歌を返しています。ここで詠まれた玄与の「春の雨に」歌こそは、これまでいつ誰が詠んだのか不明とされていた和歌の原典だったのです。今後は慶長二年に阿蘇玄与が詠んだ歌と説明してください。

なおもう一首、糸桜を詠んだ有名な和歌があります。下って安政二年（一八五五年）二月に、孝明天皇が近衛邸に行幸され、糸桜をご覧になった際、

昔より名には聞けども今日見ればむべ目かれせぬ糸桜かな

と詠じられました。「目かれせぬ」とは、目が離せないほど美しいという意味です。「昔より名には聞けども」とあることから、やはり糸桜が昔から名高かったこと、孝明天皇がこの時初めて糸桜をご覧になったことが察せられます。その折、孝明天皇は「詠糸桜和歌巻」になんと三十一首もの和歌を残しています。孝明天皇の目に、糸桜はそれほど美しく映ったのです。「昔より」歌はその冒頭に詠まれたものでした。

ここで孝明天皇がご覧になった糸桜は、時代的に考えて下之御所（御苑内）のものだと

思われます。残念なことに、昭和になって糸桜の大木は枯れてしまいました。現在私たちが見ている桜は、昭和十年に移植したものだそうです。江戸時代から残っている桜ではありませんが、それでも十分堪能《たんのう》できます。是非「糸桜」をご覧になってください。

銀がないのに銀閣寺

京都の名所として金閣寺（鹿苑寺《ろくおんじ》）や銀閣寺（慈照寺《じしょうじ》）をあげる方は多いかと思います。ただしその金閣寺と銀閣寺が、共に臨済宗相国寺《しょうこくじ》派に属しているというか、相国寺の塔頭《たっちゅう》の一つという位置づけになっていることはご存じでしょうか。

もともと金閣寺も銀閣寺も足利将軍の別荘として建てられたものでした。金閣寺は三代将軍・足利義満《よしみつ》で、銀閣寺は八代将軍・足利義政ですね。それが後にお寺になるわけですが、二つとも相国寺の管理下に置かれていたというわけです。必然的に相国寺の管長が、両寺の住職を兼ねていました。

ということで二〇一九年の三月までは相国寺の有馬《ありま》頼底《らいてい》管長が金閣寺と銀閣寺の住職を兼務していましたが、その後、新しい規則ができ、管長は二つまでしか兼務することができなくなりました。そのため同年の四月から、銀閣寺の住職として新たに佐分宗順《さぶりそうじゅん》さんが就任しています。

ところで金閣（鹿苑寺舎利殿）は三島由紀夫の小説で有名なように、表面が金箔《きんぱく》で覆われていますね。だからこそ金閣寺と称されているわけです。それに対抗するというか、銀閣（慈照寺観音殿）は金箔と対になるように銀箔が貼られたので銀閣寺と称されるようになったといわれていました。みなさんもそう聞いているかと思います。かつては小学校の教科書にもそう書かれていました。

ところが近年、観音殿を徹底的に調査したところ、かつて銀箔が貼られていた痕跡《こんせき》はまったく見当たらないことが判明したのです。銀箔を貼る予定もなかったとのことです。ですから古くは銀閣寺とは呼ばれていませんでした。銀閣寺の名が初めて見られるのは江戸時代になってからで、『洛陽名所集』（万治元年・一六五八年）という名所記の中に「銀閣寺」と記されているのが初出とされています。

それがいつの間にか定着してしまったことで、銀箔が貼られていたという神話ができてしまったのです。要するに銀閣寺の銀は、江戸の観光ブームが作り出した幻想だったのです。ちょっとガッカリですね。

ではなぜ銀閣寺という幻想が定着したのでしょうか。どうして誰も銀に見えないといわなかったのでしょうか。当時、観音殿は銀箔が貼ってあるように見えたようです。というのも、もともと観音殿には黒漆が一面に塗られており、それが劣化したことで白く見えていたようです。だから銀といわれても納得したというわけです。ついでにいえばお寺側でも、それで観光客が喜ぶのならその方が寺にとっても都合がいいということで、長く否定してこなかったともいわれています。

さてここからミステリーの世界になります。みなさんは銀閣寺と大文字送り火の深い関係をご存じですか。大という字の中心（交差する所）には、十字型の金尾《かなわ》の火床がありま す。そのタテの線を下にずっと延ばしていくと、銀閣寺を通って相国寺に辿《たど》りつくそうで す。それをさらに延ばしていくと、金閣寺そして左大文字に至るとされています。つまりこのすべてが一直線上に並んでいるのです。

もちろんその中心に臨済宗の相国寺があり、銀閣寺も金閣寺も相国寺に属している寺ですから、そうなると左右の大文字は相国寺と深く関わりがあることも納得されます。それは大文字送り火の起源にも関わってきます。

大文字送り火の由来ははっきりしていないのですが、有力な説の一つに足利義政創始説があります。なぜ有力かというと、それが大文字の歴史と一番うまく合致しているからです。去る長享三年（一四八九年）三月、二十五歳（満二十三歳）の若さで九代将軍・足利義《よし》尚《ひさ》が急逝してしまいました。その死を悼み冥福《めいふく》を祈るために、父の義政が始めたという説です。それに附随して、大の字は義政が横川景三《おうせんけいさん》に書かせたという説もあります。

今度大文字の送り火を見る時は、相国寺の近くから見てください。大が正面に見えます。

鞍馬の文学散歩

みなさんは「鞍馬《くらま》」と聞いて何を連想しますか。祭りとしては十月二十二日に由岐《ゆき》神社で行われる「鞍馬の火祭」が有名です。「鞍馬天狗《てんぐ》」と答えた人は、かなり年配の時代劇ファンでしょうか。もっとも「鞍馬天狗」は大佛《おさらぎ》次郎の小説よりずっと前に、沙那王《しゃなおう》（牛若丸）を題材とする謡曲「鞍馬天狗」という作品がありました。

この謡曲は義経《よしつね》伝説をもとに作られたものです。平治の乱で敗れた源氏の大将・源義朝《よしとも》には、常盤御前《ときわごぜん》という美しい愛妾《あいしょう》がいました。その常盤との間に今若・乙若《おとわか》・牛若という三人の男子があったのですが、義朝の子ということで平氏から殺される運命にありました。そこで常盤は自ら清盛の妾になることで、子供たちの命乞《いのちご》いをしたのです。こうして幼い牛若丸は鞍馬寺へ預けられましたが、夜な夜な大天狗から兵法（武術）を学び、後に鞍馬寺を抜け出して奥州平泉に逃れ、平家打倒に活躍するという伝説です。

ということで、鞍馬と天狗の結び付きはかなり古くからあったことがわかります。鞍馬駅で大きな天狗の面が観光客を出迎えているのも、それなりに納得できる理由があったのです。なお駅前の多聞堂という茶店では、橡《とち》の実で作った牛若餅《もち》が売られています。

王朝女流文学にも鞍馬が登場しています。『枕草子』の一六〇段「近うて遠きもの」に

は、

近うて遠きもの、〈中略〉鞍馬のつづらをりといふ道。（新編全集294頁）

とありました。当時、鞍馬の九十九折《つづらおり》が有名だったことがわかります。実際に歩いて味わってみてください。また同時代の『赤染衛門集』には、

くらまにまうでしに、きふねにみてぐらたてまつらせしほどに、いとくらうなりしかば、

ともとどむかただに見えずくらぶ山きふねのみやにとまりしぬべし（二三七番）

と出ています。ここで「鞍馬」の山を「くらぶ山」と詠んでいますが、これは歌に詠む時は「くらぶ」（歌語）で一般的には「くらま」（俗語）と使い分けられていたようです。どちらにしても「くら」には「暗」が掛けられています。もともと鞍馬は木がうっそうと茂っていて、昼なお暗いイメージでした（小倉山も同様です）。古く『古今集』の紀貫之歌にも、

梅の花にほふ春べはくらぶ山闇に越ゆれどしるくぞありける（三九番）

と暗いイメージで歌われています（『万葉集』には出ていません）。

少し下った『更級日記《さらしな》』の後半では、

春ごろ鞍馬に籠《こ》もりたり。山ぎは霞《かす》みわたり、のどやかなるに、山の方より、わづかにところなど掘りもて来るもをかし。（新編全集347頁）

と春に鞍馬に籠もっていますが、同じ年の冬にも、

十月ばかりに詣《もう》づるに、道のほど山のけしき、このころはいみじうぞまさるものなりけり。（新編全集347頁）

とあって、同じ年に二度も参籠《さんろう》しています。菅原孝標女《すがわらたかすえのむすめ》は、鞍馬に一体何を祈願したのでしょうか。

肝心の『源氏物語』ですが、若紫巻の北山にある「なにがし寺」について、『河海抄《かかいしょう》』という古い注釈書で「鞍馬寺」と注されて以来、長く鞍馬寺のこととする説が信じられてきました。後に角田文衞氏によって、もっと近場の岩倉にある大雲寺の方がふさわしいとされたことで、現在は大雲寺説の方が有力になっていますが、今でも鞍馬寺がモデルだと考えている人もいます。なお由岐神社そばの「涙の滝」は、若紫巻で詠まれている和歌から命名されたものです。桜の頃にここを訪れてみたいですね。

そもそも鞍馬寺を開いたのはあの鑑真和尚《がんじんわじょう》の高弟だった鑑禎上人《がんていしょうにん》とされています。上人

は夢のお告げにより、鞍を付けた白馬に導かれて鞍馬山にやってきたところを鬼女に襲われますが、あわやのところで毘沙門天《びしゃもんてん》によって助けられます。そこで鞍馬に草庵《そうあん》を結んで毘沙門天を祀《まつ》ったのが寺の起源というわけです（毘沙門信仰の始まり）。

ついでながら近代歌人・与謝野晶子と鞍馬寺の結び付きはご存じでしょうか。鞍馬寺にある霊宝殿《れいほうでん》（鞍馬山博物館）の二階には、与謝野晶子のコーナー（与謝野記念室）が併設されています。これは鞍馬寺の住職だった信楽香雲《しがらきこううん》氏が、晶子の短歌の弟子だったことによります。その縁で晶子はしばしば鞍馬を訪れ、鞍馬に関連する歌をたくさん詠じているのです。その中には義経伝説を詠じた、

山のしゃが咲きも乱れず清く立つ牛若といふ少年のごと

などもあります。

貴船神社で何を祈る？

鞍馬寺の近くに位置している貴船《きふね》神社と聞いて、みなさんは何を思い浮かべますか。古典好きな人は、きっと和泉式部の蛍の歌とか、先妻が後妻を呪い殺そうとする謡曲「鉄輪《かなわ》」と答えるでしょう。ここで少し貴船の由来を学習しておきましょう。

どうやら「貴船」は後に当てられた漢字のようで、本来は「木生根」だったようです。こんな熟語はなさそうですが、地表にまで出ている木の根とか、木の根から溢《あふ》れているエネルギーが感じられます。この一帯は木が生い茂る森だったことから、そう名付けられたのでしょう。なお地名としては「きぶね」と濁って読みますが、神社としては「きふね」と濁らずに読むそうです。ややこしいですね。というのも神社の縁起として、玉依姫《たまよりひめ》が黄船に乗って淀川を遡《さかのぼ》り、到着した貴船に祠《ほこら》を建てたのが起源といわれているからです。

もともと貴船は鴨川の上流というか、鴨川の源流だったことから、古くから水の神様として信仰されました。御祭神も水の神である高龗神《たかおかみのかみ》が祀られています「龗《れい》」の字をよく見ると、下に「龍」とありますね。龍は水神とされています。神社の奥宮には龍穴があり、そこに棲む龍が水を支配しているのです。

この貴船神社は平安遷都以前から鎮座していた古い神社でした。そのため平安朝の歴代天皇は、旱魃《かんばつ》・日照りの時は貴船に黒馬を奉納して雨乞いをし、反対に長雨が続く時は白馬を奉納して止雨《しう》を祈願していました。国家の信仰を受けていたのです。後にそれが板に書いた馬で代用されるようになったことから、貴船は絵馬発祥の社ともされています。

考えてみると、和泉式部の「和泉」も水に因《ちな》む名前ですから、もともと両者には結びつく背景があったことになります。さて話題になっている和泉式部の歌は『後拾遺集』に贈答歌として出ています。

男に忘られて侍りける頃、貴船に参りて御手洗川《みたらしがは》に蛍の飛び侍りけるを見てよめる　和泉式部

もの思へば沢の蛍も我が身よりあくがれいづる魂《たま》かとぞ見る（一一六二番）

御かへし

奥山にたぎりて落つる滝つ瀬のたまちるばかりものな思ひそ（一一六三番）

この歌は、貴船の明神の御返しなり。男の声にて和泉式部が耳に聞こえけるとなんいひつたへたる

詞書《ことばがき》にある「男」は誰ともありませんが、『俊頼髄脳《としよりずいのう》』などでは保昌となっています。これは式部が蛍を自身の遊離魂に喩《たと》えて詠んだところ、貴船明神が返歌をして慰めた体裁になっています。この後、男の愛を取り戻せたかどうかは書かれていませんが、見事復縁した（歌徳説話）とすることで、それに乗じて恋愛成就・縁結びというご利益が貴船神社に付与されていきました。

ところがプラスだけでは済みません。縁結びとはまったく別の要素が、謡曲「鉄輪」によって付与されたからです。こちらは夫の愛を後妻に奪われた前妻が貴船神社に参詣し、頭に蠟燭《ろうそく》を立てた五徳を付けて丑《うし》の刻に祈って鬼女と化し、夫や後妻に復讐《ふくしゅう》するという怖いものです。そこから、丑の刻参りをして御神木に藁《わら》人形を五寸釘《くぎ》で打ち付けると、相手

が取り殺されるという呪詛《じゅそ》に発展しています。ここは丑の刻参り発祥の地でもあったのです。

驚いたことに、貴船神社には縁結びと縁切りと両方のご利益が備わっているのです。どちらも男女の愛情問題ですが、考えようによっては悪縁を切ることも大事ですね。ついでですが、縁結びは昼間で、縁切りは夜と時間が分けられていました。さてあなたは貴船で何を祈願しますか。

京都における秦氏の重要性

前著の中で「東の鴨川、西の大堰川《おおいがわ》」で秦氏《はたうじ》について触れましたが、京都における秦氏の重要性はその程度では到底語り尽くせません。そこで改めて秦氏について取り上げてみることにしました。

そもそも秦氏の先祖は、なんと秦《しん》の始皇帝にまで遡るとされています。といっても、それは『新撰姓氏録《しんせんしょうじろく》』にある伝承で、どうやら百済《くだら》から渡来した弓月君《ゆづきのきみ》の一族というのが妥当なようです。というのも『日本書紀』応神天皇条に、弓月君が百二十県の人民を率いて帰化したという記事があるからです。この時、一万人を超す人々が日本にやってきていることになります。

はなはだしい説として、秦氏をネストリウス派のキリスト教徒（景教）、しかもユダヤ人だとするものもあります。その根拠は、中国における大秦寺が景教の教会を指す言葉だからということです。面白い説ですが、あまり信憑性《しんぴょうせい》は認められません。

その秦氏は進んだ文明を有しており、九州・関西・関東（神奈川の秦野《はだの》）などに足跡を留《とど》めています。代表的なものとしては、治水・土木工事と産鉄・製鉄、養蚕・絹織物があげられます。

なお太秦《うずまさ》は秦氏の本拠地と考えられますが、それは同時に秦氏の本家・秦氏の統括者という意味も含んでいるようです。雄略天皇の御代《みよ》、秦酒公《はたのさけのきみ》が調・庸の絹を堆《うずたか》く積んで朝廷に献上したので、それ以来「うずまさ」という姓を与えられたことに由来します。現在は地名になっていますが、古くは秦氏の族長（大秦）という意味だったのです。なお「酒公」は、秦氏が酒造にも携わっていたことを示している名前でしょう。太秦には今も大酒《おおさけ》神社が残っています。

そこに漢織神《あやはとりのかみ》が祀られていますが、これは織物の神様ですから、養蚕・機織の技術を有する秦氏の信仰を集めたものでした。太秦にある蚕《かいこ》の社《やしろ》にしても、今でこそ廃れていますが、昔は木嶋坐天照御魂神社《このしまにますあまてるみたまじんじゃ》として栄えていました。『続日本紀』大宝元年条にその名がしるされていますし、『延喜式』でも「名神大社」に名を連ねています。現在も見られる三柱鳥居《みはしら》は、鳥居を三つ組み合わせた（上から見ると正三角形の）三本柱の珍しい鳥居です。

この三角形の頂点は、それぞれ双ヶ丘《ならびがおか》・松尾山・稲荷山《いなりやま》を指しているそうです。それだけでなく三角形の頂点から下ろした垂線の延長線上には比叡山《ひえいざん》と愛宕山《あたごやま》が位置しているといわれています。しかもその中の松尾山と比叡山を結ぶ線は、何と夏至の日の出遥拝線《ようはいせん》と日の入り遥拝線だというのです。ミステリアスでもあるし、こじ付けのようにも聞こえます。いずれにしてもそんな重要な場所に立地していたことは確かです。

秦氏の中では秦河勝《はたのかわかつ》を忘れてはいけません。『日本書紀』推古天皇十一年条によれば、河勝は聖徳太子から仏像を拝領して蜂岡寺《はちおかでら》（後の広隆寺）を創建したことがわかります。河勝の富や権力は絶大で、その墓は蛇塚《へびづか》古墳に比定されています。これは石室が石舞台古墳に匹敵するともいわれているものです。

秦氏は平安遷都以降も活躍しています。そもそも平安京の一部というか内裏の場所は秦氏の邸だったといわれています。紫宸殿《ししんでん》に右近《うこん》の橘《たちばな》がありますが、その橘は秦河勝の邸に植えられていたものをそのまま使ったという伝承もあります。嵯峨《さが》天皇が嵯峨野に別荘を造られた際は、中国の洞庭湖《どうていこ》を真似て大沢の池を造営しています（人工池）。それも秦氏あってのことでした。

最後に秦氏の末裔《まつえい》について記しておきます。秦氏は猿楽の元祖ともされています。猿楽は申楽とも書きますが、それは「神楽」の「神」の偏を取って「申」にしたもので、もともと神に捧《ささ》げる芸能だったのです。そのため観阿弥《かんあみ》・世阿弥《ぜあみ》は秦氏の子孫であると名乗ることで、出自の正統性を主張したのでしょう。実は雅楽で有名な東儀氏などの楽家も、秦氏の流れを汲《く》むものとされています。秦氏の広がり、おわかりになりましたか。

小野篁の逸話

小野篁《おののたかむら》ほど逸話の多い人物はいません。まず古代豪族である小野氏は、かつて小野妹子《いもこ》（男性です）が遣隋使《けんずいし》として活躍しました。それ以降、代々遣唐使を輩出する家柄となっています。その関連で大宰府の役人となる者も多かったようです。同じく小野姓を有する小野小町も、篁の孫といわれていますが、年代が合いません。

また小野氏は武力にも秀でており、出羽《でわ》・陸奥《むつ》の受領あるいは鎮守将軍として、東北経営の一翼も担っています。篁も例外ではありません。父小野岑守《みねもり》が陸奥守として赴任する際、少年だった篁も同道し、もっぱら弓馬の技に励みました。驚く人も多いと思いますが、篁は身長一九〇センチ近い大男だったとのことです。

篁は帰京後も学業を怠っていたので、嵯峨天皇が慨嘆しました。勅撰漢詩集『凌雲集《りょううん》』の撰者である岑守の子として期待されていたのでしょう。それを知って篁は自らを深く恥じ、勉学に励むようになります。その努力によって詩才は開花し、白楽天に匹敵すると称《しょう》讃《さん》されるまでに至りました。

それもあって漢学の才についての逸話も少なくありません。ある時、嵯峨天皇が秘蔵の白楽天の詩の「空」をわざと「遥」に変えて篁に見せたところ、即座に「空」がいいと進言した（『江談抄《ごうだんしょう》』）とか、篁が遣唐使として渡唐することを知った白楽天が、その到来を中国で待ち望んでいた（古事談）という話もあります。

有名な話としては、嵯峨天皇の御代、「無悪善《むあくぜん》」と書かれた落書《らくしょ》が出回っていました。しかしそれを誰も読み解けなかったので篁に読ませたところ、即座に「さが（＝悪《さが》）なくてよろしからん」（嵯峨天皇がいなければよい）と読みました。そのため篁こそは落書を書いた真犯人だと疑われてしまいました。幸い「子」の字を十二並べたものを読めと命じられ、それを「ねこ（猫）のこのこねこ、しし（獅子）のこのこじし」と読んだので、なんとか嵯峨天皇の不興をまぬがれたということです（宇治拾遺物語）。

また「一伏三仰《さんこう》不来待書暗降雨恋筒寝《れんどう》」と書かれてあるのを、「月夜には来ぬ人待たるかきくらし雨もふらなむ恋つつも寝む」と和歌に読み下したという話もあります（『十訓抄《じっきんしょう》』）。古典文学史としては、『篁物語』があげられます。これは篁と異母妹との純愛、並びに亡くなった妹との魂のふれあいをテーマにしたものですが、物語（篁物語）とも日記（篁日記）とも家集（篁集）とも言えるもので、ジャンル分けが困難な作品です。

その篁が、承和《じょうわ》元年（八三四年）に遣唐副使に任命されました。しかしながら二度渡航に失敗し、承和五年の三度目の派遣の折には、乗船する船をめぐって遣唐大使藤原常嗣《つねつぐ》と争っています。その結果、篁は乗船・渡航を拒否した上、遣唐使を風刺した漢詩「西道謡《さいどうよう》」を作りました。そのために嵯峨天皇の逆鱗《げきりん》に触れ、翌六年には隠岐島に配流されることになったのです。その折に作った漢詩「謫行吟《たつこうぎん》」は当時大流行したそうです。「わたの原八十島《やそしま》かけて漕《こ》ぎ出《い》でぬと人には告げよ海人《あま》の釣り舟」歌も、その配流に際して詠まれたものでした。なお『今昔物語集』巻二十四第四十五には、その際に篁が詠んだ歌として、「ほのぼのと明石の浦の朝霧に島隠れゆく船をしぞ思ふ」が紹介されています。これは人丸の代表歌とされるものですが、『古今集』では「読み人知らず」となっているので、篁の流罪に利用されたのでしょう。幸い篁の才能を惜しんだ嵯峨天皇により、翌年には許されて都に戻ってきます。そして参議という要職にまで出世しました。

極め付きは閻魔《えんま》王庁の役人という話です。藤原高藤《たかふじ》が仮死状態になり、閻魔大王の前に行くと、そこに篁がいて自分は第二冥官だと告げました。その篁のお蔭《かげ》で蘇生《そせい》させてもらった高藤は、篁にお礼を言ったそうです（『江談抄』）。同様の話が『今昔物語集』巻二十第四十五にもありますが、こちらは高藤ではなく右大臣藤原良相《よしみ》になっています。

京都市東山区にある六道珍皇寺《りくどうちんのうじ》は、この近辺が昔六道の辻《つじ》と呼ばれ篁が地獄へ通ったといわれる井戸が今も残っています。また右京区嵯峨の福正寺《ふくしょうじ》には、かつて冥界からの出口とされていた井戸がありました。それとは別に北区紫野の島津製作所の一角には、篁の墓と称されるものがあります。そのすぐ傍《そば》に紫式部の墓があるのは、篁が地獄に堕《お》ちた紫式部を救出したという伝説に基づくものとされています。「京都・篁ミステリーツアー」も面白そうですね。

あとがき

嬉《うれ》しいことに、『古典歳時記』の続編を出版できることになりました。しかしながら精魂込めて書いた『古典歳時記』の続きは、そうたやすく書けるものではありません。『古典歳時記』とは一味違ったものならなんとか書けそうなので、その方針でまとめてみることにしました。京都が古典文化の原点（ふるさと）だという考えに変わりはありませんが、歴史や生活の中での様々なものにも目を向けてみたくなったからです。

もちろん本書も、私が勤務校のホームページに掲載しているコラムが核になっています。これは学生たちや卒業生のみならず、教職員や広く一般の方々にも知ってほしい文化的教養を、時にはクイズ形式をとり、時にはタイムリーな話題を取り上げ、なるべくわかりやすい口調で語りかけてきたものです。ですから初めて本書をお読みになるみなさんも、是非学生になった気持でお読みください。そして本書から少しでも日本文化の奥深さ・面白さを知っていただきたいというのが本書の狙いであり、また私の願いでもあります。

振りかえってみると、私のコラムに最初に反応を示したのは、なんとテレビの天気予報の番組でした。最近は天気予報にあわせて、年中行事などの知識も提供しているからなのでしょう。次に問い合わせがあったのは、テレビのクイズ番組でした。ちょうどＮＨＫで

「チコちゃんに叱られる！」や「日本人のおなまえっ！」が話題になっていた時です（私も出演しました）。その上、思いがけず朝日新聞の「天声人語」や読売新聞の「編集手帳」でも前著が取り上げられました。私の試みは決して間違っていなかったようです。また外国在住の方から、コラムを楽しみにしているという連絡もありました。とはいえ本書は、日本文化のほんの入り口を紹介したにすぎません。紙数の都合もあって、最小限の知識に留《とど》めているからです。本書がきっかけとなって、奥深い日本文化の世界に分け入っていただけたら、それこそ望外の喜びです。

最後に私事で恐縮ですが、平成三十一年三月末日をもって、丸三十年勤めた同志社女子大学を定年退職しました。幸いあと五年間、特任教授としてそのまま勤めさせていただけるので、研究室もそのまま使わせてもらっています。やっとわずらわしい役職や会議・雑務から解放され、積み残しになっているライフワークに没頭している日々です。教員によるコラムも書き続けるつもりなので、続々編出版も夢ではないかもしれません。

末尾ながら、これまで私の研究を応援してくださった多くのみなさんに心からお礼申し上げます。そしてこれからも引き続き本書ともども私の研究をお見守りください。

令和二年三月吉日　今出川の研究室にて　吉海直人

吉海直人（よしかい・なおと）
1953年、長崎県生まれ。國學院大學大学院博士後期課程修了。博士（文学）。国文学研究資料館助手を経て、同志社女子大学表象文化学部特任教授。専攻は平安朝文学、特に百人一首の悉皆研究をライフワークとしている。また源氏物語は歴史資料や用例を駆使しての論が多い。「論より証拠」をモットーとして、常識の嘘を丹念に掘り起こすことに努めている。著書には『「垣間見」る源氏物語』『『源氏物語』「後朝の別れ」を読む　音と香りにみちびかれて』（笠間書院）、『百人一首で読み解く平安時代』『新島八重　愛と闘いの生涯』『古典歳時記』（角川選書）、『百人一首の正体』（角川ソフィア文庫）などがある。

角川選書 639

暮《く》らしの古典歳時記《こてんさいじき》

令和２年６月19日　初版発行

著　者　吉海直人《よしかいなおと》

発行者　郡司　聡

発　行　株式会社 KADOKAWA
東京都千代田区富士見 2-13-3　〒102-8177
電話 0570-002-301（ナビダイヤル）

装　丁　片岡忠彦　　帯デザイン　Zapp!

印刷所　横山印刷株式会社　　製本所　本間製本株式会社

ISBN978-4-04-703693-2 C0395
JASRAC 2002902-001

角川選書

この書物を愛する人たちに

詩人科学者寺田寅彦は、銀座通りに林立する高層建築をたとえて「銀座アルプス」と呼んだ。
戦後日本の経済力は、どの都市にも「銀座アルプス」を造成した。
アルプスのなかに書店を求めて、立ち寄ると、高山植物が美しく花ひらくように、
書物が飾られている。

印刷技術の発達もあって、書物は美しく化粧され、通りすがりの人々の眼をひきつけている。
しかし、流行を追っての刊行物は、どれも類型的で、個性がない。
歴史という時間の厚みのなかで、流動する時代のすがたや、不易な生命をみつめてきた先輩たちの発言がある。
また静かに明日を語ろうとする現代人の科白がある。これらも、
銀座アルプスのお花畑のなかでは、雑草のようにまぎれ、人知れず開花するしかないのだろうか。
マス・セールの呼び声で、多量に売り出される書物群のなかにあって、
選ばれた時代の英知の書は、ささやかな「座」を占めることは不可能なのだろうか。
マス・セールの時勢に逆行する少数な刊行物であっても、この書物は耳を傾ける人々には、
飽くことなく語りつづけてくれるだろう。私はそういう書物をつぎつぎと発刊したい。
真に書物を愛する読者や、書店の人々の手で、こうした書物はどのように成育し、開花することだろうか。
私のひそかな祈りである。「一粒の麦もし死なずば」という言葉のように、
こうした書物を、銀座アルプスのお花畑のなかで、一雑草であらしめたくない。

一九六八年九月一日

角川源義

古典歳時記
吉海直人

日本人は自然に寄り添い、時季を楽しんできた。旬の食べ物、花や野鳥、気候や年中行事……暮らしに根ざすテーマを厳選し、時事的な話題・歴史的な出来事を入り口に、四季折々の言葉の語源と意味を解き明かす。

606 | 224頁

978-4-04-703657-4

新島八重　愛と闘いの生涯
吉海直人

新島襄の妻・八重。女性でありながら戊辰戦争に参加、日清・日露戦争で篤志看護婦を務め、「日本のナイチンゲール」と称賛された。著者発見の新史料を活かしながら、エピソードで綴る、新島八重伝の決定版。

505 | 248頁

978-4-04-703505-8

百人一首で読み解く平安時代
吉海直人

藤原定家はなぜこの百首を選び、この順番に並べたのか。日本を代表する百人一首研究者が、定家の王朝への想い、巧妙な歌の配列と撰歌意識を読み取り、百人一首を新解釈。歴史書としての新側面を描き出す。

516 | 288頁

978-4-04-703516-4

やさしい古典案内
佐々木和歌子

主要な古典文学作品の概要と、その作品を生み出した歴史的必然性を語り、文字とともに考え表現してきた日本人の姿を浮かび上がらせる新たな試み。やさしい語り口の古典案内。

513 | 280頁

978-4-04-703513-3

漢詩の扉

齋藤希史

唐代の名詩人、王維、李白、杜甫、白居易――。日本人に愛されてきた『三体詩』『唐詩選』の名詩を中心に、興趣を読みほどき、詩に立ち現れる詩人の人生をたどりながら、漢詩の響きを味わう清新な鑑賞案内。

534 | 200頁

978-4-04-703534-8

万葉集と日本人
読み継がれる千二百年の歴史

小川靖彦

八世紀末の成立から千二百年。紫式部、藤原定家、佐佐木信綱らが読んだそれぞれの時代の『万葉集』は、どのようなものだったのか。時代とともに変化する歌の読み方、解釈を追い、日本人の心の歴史をたどる。

539 | 256頁

978-4-04-703539-3

仏教からよむ古典文学

末木文美士

出家に憧れながらも愛欲の世界にとどまった源氏物語の登場人物たち。その曖昧な生にこそ、王権と仏法の緊張関係が示されているのではないか。源氏・平家物語から能、夏目漱石まで、日本文学の新たな魅力を引き出す。

599 | 328頁

978-4-04-703615-4

古典のすすめ

谷 知子

神話から江戸の世話物へとつながる恋愛観、挽歌と哀傷歌そして源氏物語に描かれた「死」と「病」など、日本の古典作品に描かれた哲学をやさしく説く。古典に立ち返り、人生を見つめる新たな視点を養う。

594 | 296頁

978-4-04-703620-8